Le grand partir

Pour son premier roman, Henri Gougaud choisit un thème double. L'histoire d'une évasion et une évasion par des histoires.

Une histoire d'évasion, celle de quatre détenus, et puis de l'autre versant de leur prison, le voyage immobile d'un géant nommé Lavoir, un ogre qui règne sur le petit monde des prisonniers.

Julien Berg, l'un des fuyards, chargé de distraire le monstre, est prié de raconter sa vie. Qui n'a pas de vie ni de passé les invente. Ce que Berg fera, en conteur exemplaire, au plus grand plaisir de Lavoir, son « conté » placide. Il s'agit de voir se dérouler les deux contes, les deux survies légendaires, de voir évoluer les rapports entre celui qui parle et celui qui écoute. On s'évade en creusant un trou mais afin que l'ogre ne dénonce personne, on finit par l'évader lui aussi, en lui offrant mieux que la liberté : le simple pouvoir de l'imaginaire. Cette fuite par les mots, Henri Gougaud la propose et la procure à chacun de ses lecteurs. Il y a fort à parier que le lauréat de la bourse Goncourt de la nouvelle (1977) compte un nombre important de passagers. Son navire va aussi loin que prévu : sa course au bout du monde devient course au trésor.

Né à Carcassone en 1936, auteur de différents ouvrages consacrés à la science-fiction, lauréat en 1977 de la bourse Goncourt de la nouvelle. Auteur de chansons pour Jean Ferrat, Juliette Gréco et Serge Reggiani.

A publié au Seuil sept romans : le Grand Partir, le Trouveur de feu, Bélibaste, l'Inquisiteur, le Fils de l'ogre, l'Homme à la vie inexplicable, l'Expédition, *et trois livres de légendes,* l'Arbre à soleils, l'Arbre aux trésors *et* l'Arbre d'amour et de sagesse.

Henri Gougaud

Le grand partir

roman

Éditions du Seuil

TEXTE INTÉGRAL

EN COUVERTURE : Jean-Charles Blais,
sans titre, peinture glycerophtalique
et techniques mixtes sur affiches
arrachées. 245 × 255 cm. 1984

ISBN 2-02-016484-1
(ISBN 2-02-004932-5, 1re publication)

1

Le bruit des verrous tirés retentit jusqu'au bout du couloir. La porte de la cellule s'ouvre. Un trait de soleil tombé de la lucarne explose en plein regard du prisonnier qui trébuche sur une godasse tendue devant ses pieds. Un coup de poing entre ses omoplates le précipite tête première sur le sol gris. Il cabriole, se retrouve assis face au mur, reste un instant étourdi. Derrière lui claquent des ferrailles. Des pas, des éclats de voix s'éloignent.

D'abord il voit près de ses mains appuyées au sol deux jambes de pantalon plantées comme des poteaux obliques dans une paire de sabots. Il lève la tête. Là-haut, deux bras puissants sont croisés sur un poitrail de bœuf. Au-dessus, deux petits yeux noirs dans un visage plat, mal rasé, lourdement ridé, l'examinent froidement. Le nouveau venu se dresse, époussette ses vêtements. Il s'applique à une dignité un peu ridicule en ce lieu. Il dit d'une voix rauque, tremblante :

— Mon nom est Julien Berg.

Il est fluet, pâle, auréolé de cheveux fins, argentés, tout frisés. On dirait que la foudre a fait des ravages derrière son regard. Il doit avoir quarante ans.

— Moi, je m'appelle Vertadier, répond le malabar. Les autres ne vont pas tarder. Ils sont à la récréation. Ils vont être surpris, tu aurais pu prévenir.

Il fait une grimace triste. Il a l'air d'un paysan lourd et lent. Ses cheveux très noirs, très lisses, plantés bas sur son front luisent à la lumière pâle. Là-haut dans le rectangle de jour un nuage a effacé le soleil. Julien Berg s'assied sur l'extrême bord d'une couchette, l'air accablé, s'accoude sur ses genoux et croise devant lui ses doigts.

— C'est mon lit, grogne Vertadier. Installe-toi en face. Les deux du haut sont pris. Tu auras Bifur au-dessus. Moi, j'ai Flap. Excuse-moi, j'ai sommeil.

Il s'allonge en geignant, sa paillasse grince. Il étend sur son grand corps sa couverture brune, se tourne contre la cloison et, presque aussitôt, ronfle. Il doit être onze heures du matin.

Berg examine les lieux. Le sol de la cellule est en ciment brut, comme les murs et le plafond. Les couchettes sont superposées de chaque côté de la porte blindée, peinte en vert foncé. En face, par la lucarne haute, on ne peut voir que le ciel. Berg traverse la pièce en cinq pas. Elle est carrée.

Deux hommes entrent sans hâte. Le second, les mains aux poches, d'un coup de talon pousse derrière lui la porte, qui claque sec. C'est Bifur. Quelqu'un éructe une insulte sonore, dans le couloir. Vertadier pousse un soupir ronronnant et enfouit sa tête sous la couverture. Le premier entré – c'est Flap – grimpe sur sa couchette. Il dépose avec soin son profil d'aigle maigre sur l'oreiller, examine distraitement Julien Berg, puis ferme les yeux. Il a hâte de dormir, lui aussi. Pourtant, l'heure du déjeuner ne devrait pas tarder à sonner.

– Flap n'aime pas la nouveauté, tu comprends ? dit Bifur à voix basse. Mais ne t'inquiète pas. Il n'est froid qu'en apparence. Il a le cœur humide, au fond. Il est bon. Parfois, même, il rit. Moi, le silence m'effraie. Parler me rassure. Je suis heureux que tu sois là. Il y a longtemps que je n'ai plus rien à dire aux autres. Je les connais jusqu'à l'os.

Il est affalé par terre, il est gros, lippu, frisé, il est sale, il pue, son ventre est indécent, il a l'air intelligent et fraternel. Il est beau comme un bouddha paillard. Berg le regarde, lui fait un sourire maigre mais vaguement enfantin. Il dit, désignant les paillasses ronflantes :

– Ils dorment le jour et veillent la nuit ?

– Flap t'expliquera. C'est lui le chef, mais il

n'aime pas qu'on le lui dise. C'est un sacré bonhomme. Tu n'as pas entendu parler de lui ?

Berg se cale contre sa couchette, les jambes pliées enfermées dans ses bras. Il attend. Il fait non de la tête.

— Je m'en doutais, poursuit Bifur avec une emphase comique. Flap était autrefois un pianiste assez connu, tu sais. Il a vécu un drame étrange. Je te raconterai. Et Vertadier, son nom ne te dit rien ?

Bifur se penche à l'oreille de Berg et murmure :

— Il a peut-être tué un enfant.

Il fait une moue catastrophée, agite ses mains devant ses yeux.

— Je dis : peut-être. Personne, sauf lui, ne sait. S'il est innocent, il est très pur. Moi, je suis comédien.

Il ouvre les bras, bombe le torse, et rit. Son double menton frémit, ses yeux très noirs pétillent.

— Et toi, qui t'a conduit ici ?

— Un fou, je crois, dit Berg. Je n'ai pas envie de parler de lui. Plus tard, je te dirai. Nous avons longtemps à vivre ensemble, il faut économiser les mots.

— Moi, je ne peux pas, répond le volubile. Quand j'étais libre, je vivais seul. J'en ai souffert. J'aime les visages. Vertardier est comme toi : verrouillé sur ses secrets. Je t'ai dit qu'on l'avait chargé d'un crime abominable. Il l'a toujours nié, avec une dignité beaucoup trop sèche, à mon avis. Il n'est pas bavard, tu comprends ? Et puis il est très laid. Tu l'as vu ? Il a vraiment une gueule à rebuter la compassion.

– Tu exagères, dit Berg, joyeusement.

Bifur se dandine d'une fesse sur l'autre, fait danser ses doigts, jubile.

– Pas du tout, dit-il. Écoute. Vertadier était détesté dans son village. Il ne parlait à personne. Un jour, voilà qu'on l'accuse d'avoir cambriolé une ferme, un après-midi d'été, pendant que les gens étaient aux champs, et d'avoir assassiné un gosse de dix ans resté seul à la maison. Il nie. Une fois qu'il a gueulé trois ou quatre fois non, non et non, il ne trouve plus rien à dire. Il est buté, Vertadier, tu sais. Tout au long de son procès, il reste planté comme un roc : immobile, indifférent, massif. Le dernier jour, il craque. Il se fend, il s'ouvre. Et sais-tu ce qu'il fait ?

Bifur cogne l'épaule de Berg d'un revers de main, penche en avant son front plissé et dit à voix basse :

– Il raconte une légende. Il dit à peu près ceci, Vertadier : « Je suis innocent et vous ne me croyez pas. Je suis innocent et je ne peux pas atteindre votre esprit car aucun chemin, entre nous, n'a jamais été tracé. Alors je vais vous raconter une histoire. Une histoire simple, une histoire qui nous est commune, pour que quelque chose nous unisse un moment, pour que soit partagée une simple parole désarmée. » Il parle avec ses mots à lui, plus beaux que les miens, tu comprends ? Et il raconte. Il raconte une aventure idiote : il était une fois un arbre fabuleux, à la cime de cet arbre, Dieu couvait un œuf dans un nid, Dieu était un oiseau, le monde était dans l'œuf, et puis je ne sais plus, moi.

Bifur se tait. Flap, qui fait semblant de dormir, sourit un peu du coin de la bouche. Vertardier ronfle lourdement, pelotonné contre le mur, une main sur la tête et l'autre sur sa joue. Tout est gris maintenant : le ciel, l'air dans la cellule étroite et confinée, les visages, la tiédeur moite, les bruits lointains, la paix.

— Il était vraiment coupable ? dit Berg.

— Il a pris vingt ans, répond Bifur.

Aux quatre coins du réfectoire, dans les guérites vitrées, ne veillent que des mirages de gardiens. La table, luisante et blanche, est aussi longue que la salle aux murs peints en jaune. Les prisonniers ne parlent qu'à voix basse, courbés sur leur mangeaille parmi des reflets de néon. A la fin du repas, un chauve mal rasé, véhément, dit ceci à Tony Flap impassible, assis à côté de lui :

— Nous sommes vos voisins immédiats. Vos affaires nous concernent dans la mesure où nous subirons forcément les conséquences de vos actes.

Tu sais que nous négocions durement. Les gens de la direction ne sont pas fous, ils savent qu'ils n'ont pas intérêt à nous désespérer. Nous avons obtenu l'ouverture d'une salle de jeux. Et puis à partir du mois prochain nous aurons deux desserts par semaine. Ce ne sont pas des victoires négligeables. Réfléchis, Flap. C'est ici que nous sommes condamnés à vivre, c'est ici qu'il faut organiser la vie. Je te jure que j'ai raison.

Flap s'essuie les lèvres, se redresse, passe sa longue main dans ses cheveux blonds. Son visage bouge à peine quand il parle, et ses gestes sont stricts. Il dit :

— Tout ce qui m'intéresse, c'est de savoir ce que tu feras si le projet prend corps, ce qui pour l'instant n'est pas à l'ordre du jour, de toute façon.

— Je ne peux pas décider seul, répond l'autre sèchement. Je sais que certains n'hésiteraient pas à vous dénoncer.

— Je les connais. Salut.

Il se lève. Berg se penche vers lui et demande :

— Qui est ce type ?

— Il s'appelle Boulanger. C'est le délégué des prisonniers du Bloc.

Les hommes se dispersent dans un grand remuement de sabots. Le long du couloir, Berg dit à Bifur qu'il ne comprend pas ce qui se trame. Vertadier qui le suit l'empoigne par la nuque en grognant :

— Avance, et tais-toi.

Au centre du bâtiment est plantée une haute tour carrée, aux murs aveugles. Les étages supérieurs sont occupés par les archives, le rez-de-chaussée par les ateliers. En ces lieux, la musique interdit toute parole : des océans de trompettes, de rythmes houleux, de violons lents déferlent des murailles, inondent les corps penchés sur les machines, les lavent à grandes marées tonitruantes, ravagent les cervelles, abattent toute pensée, tout rempart imaginaire, tout désir. Aucun prisonnier ne sait ici ce qu'il fabrique. Dans des moules de métal luisant, de petites plaques de matière plastique jaune sont modelées, sortent courbes comme des dômes, sont entassées dans des chariots que des ascenseurs grimpés du sous-sol viennent engloutir, de temps à autre, dans de grands claquements de mâchoires ferrées. Ainsi passe le temps, avant l'enfermement du soir.

Dès l'extinction des lumières, par la lucarne entre la vraie nuit, la négresse lunaire. Alors Vertadier déplace sa couchette et découvre un trou rond proprement découpé dans le sol de ciment. Flap se penche à l'oreille de Berg et murmure :

— Voilà. Depuis un an nous nous évadons.

Vertadier ôte à son lit un pied de fer, s'assied au

bord du puits, se laisse glisser dans le noir. Le gros Bifur, l'air paternel, prend Berg par l'épaule et dit, le geste large, comme s'il décrivait de vastes travaux pharaoniques :

– En un an nous avons défoncé un mètre de béton vertical. Nous sommes tombés dans une cave murée – une vraie tombe. Maintenant nous travaillons à la galerie horizontale, direction plein sud. Nous n'allons pas tarder à percer le mur du bâtiment. Dans six mois, nous passerons sous le rempart, quinze mètres plus loin, et hop, nous ferons surface comme des fleurs au printemps, mon grand.

L'un après l'autre ils dégringolent dans la tombe où brûle une malodorante chandelle sur un tas d'argile roux. Vertadier, à plat ventre au fond d'une gorge étroite, ronge la terre avec une fureur d'affamé. On ne voit que la plante de ses pieds nus au seuil de la bouche noire. Ses orteils griffent le sol à chaque coup de poing ferré, il souffle, grogne, gémit, s'essouffle, s'étouffe, tousse. Sa fureur s'éteint un instant puis se ranime, encore dix coups de pieu, on l'entend compter jusqu'à dix, han, han, le fer sonne contre un caillou, le gratte, le contourne. Flap s'agenouille au bord de la galerie.

– Sors, dit-il. Je vais déblayer.

Vertadier se dégage à grand-peine, se laisse tomber contre le mur, se mouche dans ses doigts, les jambes étalées. Bifur s'accroupit devant lui, essuie son visage ruisselant de boue avec un torchon gris. Le trapu se laisse faire comme un boxeur épuisé. Flap racle le fond du boyau, ramène des brassées de gravats, Berg dégage l'ouverture, entasse la terre dans les angles. Pendant une heure hargneusement ils travaillent ainsi, poussant l'un après l'autre le fer jusqu'au bout de leurs forces, dans les ténèbres dures. Quand Berg, le dernier, sort du trou, nul ne prend le relais. Assis en désordre autour de la chandelle ils se regardent et reprennent souffle. Ils ont avancé d'un bon mètre, peut-être plus. Bifur le joufflu a les yeux cernés et de la terre dans la gorge. Il dit :

— Remontons. On étouffe ici.

Ils se hissent et se poussent, émergent au pied du lit de Vertadier dans la cellule fraîche. Berg veut se laver les mains et le visage. Flap le retient et lui tend une poignée de chiffons.

— Le lavabo ronfle trop fort, dit-il. Essuie-toi. Nouvelle séance à deux heures. Il est minuit et demi. Ne vous couchez pas, sinon vous ne pourrez plus vous relever. Bon Dieu, j'ai soif.

— Comment ça va, petit Berg ? dit Bifur.

Berg sourit et hoche la tête. Il répond :

— J'ai de la chance d'être tombé sur vous.

Flap au milieu de la pièce s'enveloppe dans sa couverture et ne bouge plus. On dirait un Indien blond et maigre. Il regarde la lucarne que traverse lentement un nuage ourlé de lune. Il dit :

— Berg, j'aimerais bien savoir d'où tu viens.

Berg, appuyé contre le mur, enfouit ses mains dans ses cheveux et bafouille :

— Je ne sais rien. Je ne suis rien. J'étais médecin autrefois, tu sais. Mais maintenant je ne suis plus rien.

— Médecin ?

— Non, même pas. Je vous raconterai un jour. Plus tard.

— Flap, lui, peut raconter tout de suite, souffle Bifur, l'air malicieux. Il est obligé : c'est lui le chef et il a dit qu'il ne fallait pas dormir.

Ils se taisent tous, attendent dans l'obscurité lunaire, écoutent le silence. Un cri lointain de rêveur malheureux traverse la prison. Puis Flap, toujours debout, immobile, parle :

— Vertadier, tu ne m'as jamais rien demandé, pourquoi ?

Le paysan lentement tourne vers lui sa tête, l'air un peu étonné. Ses petits yeux luisent dans l'ombre. Il grogne :

— Ce que je sais me suffit. Tu es une alouette. Les alouettes volent plus haut que les aigles, on dit qu'elles vont boire au-dessus du ciel. Mais elles sont fragiles. Voilà.

Bifur glousse, Flap fait un geste énervé.

— J'ai tué un homme, dit-il. Personne n'a jamais voulu croire que j'étais en état de légitime défense.

— Pourquoi ? demande Berg, les yeux ronds.

— Il s'appelait Loïc Romer. Je le connaissais vaguement. Il est venu chez moi, un jour. J'étais seul. Ma femme était partie je ne sais où — chez sa mère peut-être, à la campagne. Ce type s'est assis en face de moi, très calme, très courtois. Il s'est mis à parler en remuant les mains, et tout à coup je l'ai vu double. J'ai vu l'écho de son image à côté de lui. J'ai vu son image tirer sur moi trois coups de feu. J'ai vu son revolver noir pourvu d'un silencieux gris acier, j'ai vu ma mort. Alors j'ai pris une bouteille sur la table basse et je l'ai abattue sur son crâne.

— Sur le crâne du double ? demande Bifur, singeant le geste.

— Non, du vrai. Il s'est enfoncé dans son fauteuil en poussant un grand soupir, l'air extrêmement étonné, et il n'a plus bougé. J'ai appelé la police. On a trouvé dans sa poche le revolver chargé. J'étais certain qu'il y était.

— Ce type, Romer, c'était qui ? demanda Berg.

— L'amant de ma femme avant qu'elle ne m'épouse. Moi, je n'avais aucune raison de le détester.

— Ton procès, dit Bifur, tout jubilant. Raconte ton procès.

Flap se laisse glisser contre le mur, s'assied sur le ciment, les mains pendantes devant ses genoux.

— J'ai expliqué aux juges, dit-il, l'œil morne, que j'avais depuis l'enfance le don bizarre de voir l'avenir, de temps en temps. Pour tenter de prouver ma bonne foi, je me suis soumis à un examen de clairvoyance. J'ai confié à mon avocat une feuille de papier sur laquelle j'avais inscrit les termes du verdict qui devait être prononcé le lendemain. J'avais aussi consigné, avant la délibération des jurés, quelques morceaux choisis de leur conversation secrète. Je n'étais pas sûr de mon fait. Mais quand l'heure est venue il a fallu se rendre à l'évidence. J'avais vu foutrement juste. Quand les jurés ont entendu mon avocat lire le texte que je lui avais remis, je les ai vus pâlir. Ils étaient tous d'affreux salauds, de toute façon.

Bifur ricane, les yeux pétillants d'insolente malice :

– Quinze ans de prison. Un scandale.

Ils demeurent un long moment silencieux. Berg s'assoupit. Quand il se réveille, il est seul dans la cellule. Il descend dans la tombe. Ses trois compagnons sont à l'ouvrage : Flap au fond du boyau, les deux autres poussant à pleins bras les gravats dans les angles. Leurs mains sont écorchées, une sueur grise ruisselle sur leur visage, sur leur poitrail.

– Vous auriez dû me réveiller, dit Berg.

Vertadier grogne un mot incompréhensible. Bifur gonfle ses joues et pousse un soupir de forge. Flap apparaît à l'entrée du boyau – il est méconnaissable, tant la boue le masque.

– Il faut remonter, dit-il. Le jour ne va pas tarder.

Il se hisse péniblement dans la cellule. Vertadier le suit. Berg et Bifur restent seuls, balayant du pied quelques cailloux. Berg dit :

– Je ne comprends pas pourquoi le procès de Flap n'a pas été révisé.

Bifur rit et sa bedaine tremble. Il répond :

– Son avocat est venu le voir en prison. Il lui a dit : « Je vous demande six mois. Dans six mois vous serez à nouveau jugé, et je vous jure que vous serez acquitté. »

– Comment sais-tu cela ?

– J'étais là, pardi ! Flap a répondu tout sec : « Oubliez-moi. Je ne veux plus entendre parler ni de vous ni de vos pareils. » Il l'a pris par le bras et l'a reconduit vigoureusement jusqu'au seuil de la cellule. Allons dormir maintenant, petit.

2

La cour de la prison est un vaste cube à ciel ouvert. Le long des murs sont alignés des bancs de square, plantés dans le ciment. Des sentinelles invisibles veillent dans des cages, au sommet des angles. Nulle cime d'arbre entre ciel et muraille, nul reflet de fenêtre lointaine : des fumées, des brumes. Là, tous les matins à dix heures, par l'unique porte de fer, les prisonniers viennent goûter la lumière du jour. Ils s'interpellent, jouent, ruminent le soleil, se soûlent de paroles brutes et se battent parfois, sournoisement, à coups fourrés, malgré l'interdit.

Sur ce peuple incohérent règne un géant nommé Lavoir. Il est énorme, chaotique et charnu jusqu'au sommet du crâne ras. Sur sa face vérolée, sa bouche est comme une balafre et ses yeux sont semblables à deux petits boutons de nacre brillants à l'ombre des arcades épaisses. Lavoir, de temps en temps, les bras ballants, rote des phrases sommaires et laisse déferler par sa bouche grande ouverte des rires de tonneau. On dit de lui qu'il a tué une femme et l'a dévorée. Il est redouté, car il voue un respect servile et fanatique aux sentinelles qui le manœuvrent avec une désinvolture amusée, et le flattent grossièrement, comme un allié inavouable mais nécessaire. Ainsi, quand d'un revers de main il assomme un homme au milieu de la cour, il salue ses dieux dans les miradors et mendie des rires complices.

Berg est aussitôt fasciné par cet homme dont la tête navigue au-dessus de la foule. Flap le met en garde :

— Dès qu'il te verra, dit-il, il viendra vers toi. Ne le fuis pas, il deviendrait hargneux. S'il te parle, réponds avec simplicité. S'il tente de t'effrayer, sois pitoyable. Il serait bon que tu le séduises. Nos travaux énervent dangereusement les gens des cellules voisines. Je vais leur parler. Pendant ce temps, Bifur et Vertadier amuseront les traînards indiscrets. Toi, débrouille-toi pour tenir Lavoir au large. S'il vient fouiner dans mes parages, s'il surprend le moindre mot suspect, nous sommes perdus.

Flap s'éloigne au pas du promeneur. Bifur le gros agile devant lui fait place nette. Il provoque des jeux, harangue les béats. Vertadier le suit, les poings aux poches de son pantalon trop large, l'œil aux aguets. Lavoir au milieu de la cour, la gueule ensoleillée, se dandine, flairant le vent, cherchant qui harponner. Il aperçoit Berg. Il l'interpelle. Berg fait semblant de ne pas entendre et dévie vers un angle désert. Quand il atteint l'ombre de la muraille, la pogne du géant s'abat sur son épaule. Il se retourne et sourit. Lavoir l'examine longuement, puis il dit d'une voix qui semble monter de ses entrailles :

— Qui es-tu, toi ?

— Je m'appelle Berg. Julien Berg. Je suis heureux de faire votre connaissance, monsieur Lavoir. Vous êtes bien connu ici.

Un éclat de rire caverneux retentit au-dessus de sa tête. Le colosse grogne encore :

— Et d'où viens-tu, mon petit fumier ?

— Je suis arrivé hier. Je suis tout nouveau, voyez-vous. Je viens — oh ! je ne sais pas, je viens d'un pays lointain.

— Raconte, mon petit fumier, ronronne le géant, un sourire glacial sur la face, raconte si tu ne veux pas que le père Lavoir t'écrase la gueule.

Bifur, à l'autre bout de la cour, gesticule au milieu d'un petit groupe bruyant. Berg, désespérément, cherche Flap et l'aperçoit appuyé contre la muraille. Il semble engagé dans une discussion sévère avec trois hommes aux silhouettes voûtées. Lavoir regarde dans sa direction et renifle, les sourcils froncés sur ses petits yeux vifs.

— Oh ! il me revient une histoire étonnante, dit

Berg. Peut-être pourrions-nous tranquillement nous asseoir, monsieur Lavoir ? Il se trouve que j'ai vécu quelque temps en Amérique, en Arizona exactement, où j'ai rencontré un homme dont le destin m'a bouleversé, oui, tout à fait bouleversé.

Lavoir le bouscule, il s'affale sur le banc, l'autre lève son énorme pogne et grogne, encore à demi captivé par Flap, dont les gestes sont trop secs.

— C'est l'histoire de ta sale vie que je veux. Tu comprends, petit fumier ?

— Justement, monsieur, justement, répond Berg avec un empressement fébrile. Cet homme dont je vous parle a joué dans ma pauvre existence un rôle décisif. Il faut donc que vous fassiez sa connaissance, car il est de ceux qui m'ont conduit vers vous, eh oui ! Joe Sahara m'a poussé sur le chemin de la prison, sans qu'il le sache ni le veuille, par hasard.

Il se tait, gratte son front où perle la sueur. Son regard affolé cherche une aide improbable. Lavoir s'assied près de lui, saisit son épaule et la triture dans sa pogne. Berg fait une grimace douloureuse.

— Alors ? dit l'ogre.

— Eh bien, répond le fluet, Joe Sahara, monsieur, était — comment dire ? — un vagabond. Un vagabond ambitieux. Un rêveur sans scrupules. A quinze ans, le voilà pris par le vertige des grands chemins, il quitte le ranch familial — il était fils de petits fermiers. Il vole une voiture et s'en va. Il vit quelque temps de vol à la tire, de combines, d'escroqueries et de whisky trafiqué, jusqu'à ce jour de sa vingtième année où, pris dans une bagarre, il reçoit sur le crâne un mauvais coup de muraille. Il est laissé pour mort sur le pavé. Après une heure d'inconscience, pourtant, il se réveille, mais il est à moitié perdu : il cherche dans son esprit son nom, ses souvenirs, il ne les trouve plus. Alors, considérant sa vie désormais déserte, il se surnomme lui-même Sahara, et devient joueur professionnel. Il se distingue aussitôt de ses confrères. Vous connaissez sans doute ces gens-là, monsieur Lavoir : ils sont d'ordinaire d'une vanité grotesque. Joe Sahara, lui, est plutôt taciturne et discret. Ces qualités lui permettent d'exercer longtemps son métier sans problème majeur. Un jour, pourtant, dans une petite ville poussiéreuse, il souille son nom de sang. Joe Sahara, malhonnête notoire, n'avait jamais tué personne. En ce lieu, cher monsieur, pour sauver sa vie, il le fait. Un jeune paysan excité par l'alcool, sous le plafond brumeux du tripot local, renverse furieusement la table qui les sépare en l'accusant de tricherie. Joe voit jaillir une lame d'acier à la lueur des lampes. Il prend peur et dégaine son revolver. Il tire, et tremble. L'homme, blessé à mort, tombe contre ses bottes. Il s'agenouille devant lui, l'empoigne par les cheveux. Le moribond lui crache à la figure quelques paroles indistinctes dont il ne comprend que celles-ci : mon frère me vengera. Alors Joe Sahara se redresse. Les témoins ont reculé jusqu'à la pénombre. Il les regarde, l'arme au poing, le visage baigné de larmes, et franchit à reculons la porte du tripot à l'instant où sa victime expire.

Berg suspend son récit, la bouche ouverte, l'air inquiet.

— Cest un drôle de type, ton copain, dit l'ogre. C'est un sacré grognard, ce Joe Sahara.

Là-bas, au fond de la cour, la discussion s'envenime. Flap est empoigné par deux hommes qui le secouent en l'accablant de paroles violentes, inaudibles. Vertadier vient à son secours. Un ordre sec retentit dans le mirador. Jovial, Lavoir abat son poing sur son genou.

— Et alors, petit fumier, et alors ?

— Alors, monsieur, où en étais-je ? Oui : Sahara s'en va, pris de panique. Il bondit dans sa voiture et fonce sur la route noire. Il roule toute la nuit. Il pleure, oui. Il se dit en pleurant qu'il ne pourra plus jamais vivre simplement parmi ses semblables. Il doit se cacher, attendre le frère du mort, se préparer à le combattre. Il abandonne sa bagnole dans une décharge municipale. Pendant deux jours, sans boire ni manger, il marche dans la montagne. Il évite les hommes, les troupeaux, les fermes. A bout de forces, il s'arrête au bord d'un torrent, devant une vieille cabane abandonnée. Il explore les alentours. La forêt qui escalade la montagne est épaisse. Seuls l'habitent des lièvres, des oiseaux, des biches. En aval il ne voit, aussi loin qu'il aille, que des tourbillons d'eau verte qui dévalent parmi les rochers. La vallée est déserte. Alors, il décide de ne pas aller plus loin. Au premier soir de sa nouvelle vie, il allume un grand feu devant sa porte, il astique ses revolvers, et s'endort. Au matin il se réveille, et la longue attente commence. Je veux dire qu'il accomplit les gestes nécessaires à sa vie quotidienne, bien sûr, mais que son cerveau désormais s'immobilise à l'affût du frère vengeur. D'abord, il a peur. Il redoute sa venue. Il passe des jours entiers en sentinelle dans le bois, il fabrique des pièges, il exerce ses réflexes, convaincu que, pour survivre à la bataille inévitable, il doit devenir un foutu guerrier. Il le devient. Mais le frère vengeur ne vient pas. Alors – comprenez-vous cela, monsieur Lavoir ? – après l'avoir redouté, il l'espère. Insensiblement, le soldat assiégé devient pareil au naufragé sur son radeau appelant follement à l'aide. Il accueille les voyageurs égarés dans sa cabane et leur raconte son crime. Il désire qu'ils le trahissent, qu'ils aillent révéler au frère du mort le chemin de sa retraite. Maintenant, il se veut vulnérable, et le devient. Sept ans s'écoulent ainsi. Alors Joe Sahara s'enfonce dans la folie. Une sorte de folie mystique, voyez-vous, il invente une messe, des gestes sacrés, des prières. Il implore tous les matins ce frère lointain qui ne veut pas l'entendre, il fait de lui un dieu – son Dieu, source de ses malheurs, objet de ses espoirs. Un jour enfin il jette ses revolvers, il prend un bâton et comme ces pèlerins qui partaient autrefois pour Jérusalem, il s'en va. Il s'en va vers cette petite ville poussiéreuse mille fois rêvée depuis le meurtre. Il y arrive un soir d'été. Il a mendié, pour survivre, le long des routes. Ses cheveux ont blanchi, sa peau est tannée, il est maigre, vêtu de loques, les gens le regardent avec compassion, personne ne le reconnaît. Il interroge quelques habitués du vieux tripot. Un ivrogne minable lui apprend le nom de sa victime : Will Watson. « Sa famille habitait là, juste derrière la colline. La maison est en ruine maintenant. Will avait un frère, oui, un mauvais garçon nommé Joe qui, à quinze ans, quelques jours après la naissance du petit, s'est enfui du ranch familial dans une voiture volée. On ne sait pas ce qu'il est devenu. » Ainsi parle l'ivrogne. Alors Sahara se met à trembler comme un vieillard. Sa mémoire sort des brumes. Il se souvient qu'il s'appelle Joe Watson, en vérité, et qu'il est ce frère vengeur si longtemps redouté, attendu, espéré comme un dieu. Il a passé sa vie à l'affût de lui-même. Et le voilà qui sourit comme un illuminé. Je l'ai rencontré quelques années plus tard dans un faubourg de Phoenix. Il souriait encore.

Un hurlement de sirène retentit. Les hommes aussitôt abandonnent leurs jeux et leurs conversations, se groupent lentement devant la porte ferrée. L'énorme Lavoir retient Berg par le col de sa veste et ronronne :

— Demain je veux ta vie, hein ? Ta vie. Sinon, je t'écrabouille la gueule.

Sa voix est semblable à un roulement lointain de tonnerre assoupi.

Berg est affecté à l'entretien de la bibliothèque. Son travail sera simple et paisible. Il devra tous les jours assurer une permanence d'une heure avant le repas de midi, tenir le compte des livres empruntés, balayer le plancher, dépoussiérer les rayons. On lui a confié la clé de ce lieu sans grâce, un peu miteux. Il la pose avec respect sur le bureau couvert de cicatrices, de graffiti, de taches fanées, et s'assied devant un registre de toile noire. Il flaire le parfum du vieux papier, jouit du silence. Des bruits lointains lui parviennent, étouffés par les quelques centaines de bouquins jaunis qui habillent les murs. Des romans puérils, des récits de guerre, de vieilles revues de science amusante, des manuels scolaires, quelques dictionnaires tellement endormis qu'on y lirait des rêves, tel est le trésor désuet que Berg contemple avec tendresse. Il sait qu'il éprouvera, à feuilleter ces pages, une vieille et douce mélancolie. Et puis il savourera, de temps en temps, une volupté rare : ouvrir un paquet de livres neufs, aux couvertures luisantes. Allons, la vie dans ce monde fermé sera d'une tristesse supportable.

Un homme vient qui s'assied sans cérémonie, s'accoude au bureau en face de lui. Il passe une main sur ses cheveux en brosse, d'arrière en avant, gratte son front traversé de profondes rides parallèles. Il a l'air d'un vieux guerrier tanné. Il dit :

– On m'appelle Sourcefer. Je connais tes copains depuis longtemps. Je ne les aime pas.

Un petit rire triste résonne dans son nez, son long visage frémit à peine, ses yeux ronds demeurent stupidement inquisiteurs.

– Ils manigancent je ne sais quoi ces temps-ci. Tu dois être au courant. Dis-leur qu'ils feraient bien de se tenir tranquilles. Ils veulent quoi ? La Révolution ?

Ses doigts tambourinent sur la table, son visage s'anime un peu, il poursuit d'une voix sourde :

– Nous vivons en paix ici. Le temps file droit, l'ordre est raide, clair, honnête. Nom de Dieu, moi j'ai tué ma femme, une putain molle, une grosse femme humide pleine d'envies dégueulasses, mille bordels, oui, je l'ai proprement saignée. Et je vais te dire : je n'ai pas le sentiment d'avoir mal agi. Vois-tu, petit, dehors la vie pue le pourri, la vie est sale. Ici elle est propre, sèche, dure. On est à l'abri, tu comprends ? Bien sûr il y a aussi des salauds, chez nous comme partout. L'homme au fond n'est qu'un petit tas de merde, nous sommes d'accord. Il y a des salauds, mais pas de problèmes. J'apprécie. Et je n'accepterai pas que des rats viennent nous saper les murailles. Compris ? Cela dit, tu dois avoir dans ta boutique un livre qui s'appelle *les Monnaies anciennes, Richesses d'antan, Trésors d'aujourd'hui* aux éditions de l'Estampille. Tu me le donnes, tu notes le titre, le jour, et mon nom : Sourcefer.

A midi, au réfectoire, l'atmosphère est méchante et calme. Flap a l'air inquiet. Les gardes dans leurs guérites de verre feuillettent des journaux, l'arme posée sur les genoux. De temps en temps, quand s'élève un bruit de paroles creuses, un rire maigre vite étouffé, ils haussent les sourcils et cognent contre la vitre à petits coups de bague. Sourcefer, au bout de la table, mastique sa tambouille avec une application bornée. Il cherche obstinément le regard de Berg, qui se dérobe.

– Tu connais ce type ? dit Bifur.

– Oui. Il veut notre peau, répond Berg.

– J'aurai la sienne, grogne Vertadier, l'air parfaitement angélique.

Après le déjeuner, ils vont en désordre, nauséeux, silencieux, voûtés, le long de l'interminable couloir qui conduit à l'atelier. Berg, quand explose l'épouvantable vacarme des machines et des musiques, titube et s'agrippe, pour ne pas tomber, à la première ferraille que rencontre sa main. Il tente de parler. Il n'entend même pas le bruit de sa voix. Vertadier, l'air malin, lui tend quelques brins de chiffons gras et désigne ses oreilles. Berg pense avec une jubilation morose que tous les prisonniers pourraient hurler ensemble à s'en déchirer l'artère jugulaire sans que le son de leurs insultes n'atteigne jamais les guérites où sont assis, impassibles, les gardiens, semblables à des mannequins derrière des vitrines. Un instant, il a envie de brailler seul sa haine, à l'abri du fracas. Il n'ose pas.

A six heures, harassé, il s'effondre sur sa paillasse. Debout près de lui, ses trois compagnons parlent fiévreusement, les têtes presque jointes. Malgré ses efforts, il ne peut entendre qu'un murmure confus, il se sent ivre et perdu. Il tire Flap par le pan de sa veste. Il dit :

— Asseyez-vous près de moi.

Bifur le regarde avec affection, il hoche la tête, une mèche de cheveux frisés tombe entre ses yeux brillants.

— Le temps se gâte, petit, nous allons devoir travailler comme des taupes fantômes, fermer nos grandes gueules et nous déguiser en jeunes gens incolores.

Flap murmure :

– Il est trop tard. Nous ne tromperons personne.

– Sourcefer ne sait rien, dit Vertadier. Il nous flaire, il nous surveille mais il est trop borné pour nous deviner. Et ceux qui savent ne nous dénonceront pas, ils n'oseront pas. Ils sont honnêtes...

Berg se dresse, s'exalte, gratte fiévreusement son crâne, une bouffée de chaleur envahit sa poitrine, des mots se bousculent dans sa bouche, il les groupe, il les bégaie.

– Je ne comprends pas, dit-il. Ils ont peur de nous ? Pourquoi ? Que faisons-nous de mal ? Ils devraient nous aider, non ? Ce serait normal. Ils devraient nous aimer, oui, nous aimer. Parce que – et merde.

Flap explique lentement, bougeant à peine ses mains, choisissant ses mots avec une rigueur de géomètre :

– Ils estiment qu'il est vain de vouloir s'évader. Ils disent que nous n'avons le choix qu'entre la contrainte en prison et l'angoisse hors les murs. Il est vrai que dehors notre survie sera précaire et douloureuse. Par contre, ici, la contrainte peut être raisonnablement rongée. On peut peser sur les fers, tendre vers une sorte d'ordre vivable. L'administration accepte ce jeu lent, ce corps à corps sournois qui lui donne sans doute l'illusion de la vie. Les raisonnables disent qu'il ne faut pas décevoir la bête. Elle mordrait. Je crois qu'ils nous haïssent parce que nous sommes des briseurs de jeu. Il ne faut pas leur faire confiance. Reposez-vous maintenant. Cette nuit, nous avons du travail.

Il dit le mot travail avec une hargne qui fait sourire Vertadier le taciturne.

Une heure après l'extinction des lumières, la chandelle s'allume dans la tombe. Berg, ce soir, est d'une vitalité enragée. Au fond des ténèbres, il creuse des ongles, s'écorche le front, s'épuise férocement. Vertadier doit le traîner par les pieds hors du boyau pour lui faire céder la place. Bifur lui lave le visage, la chemise ouverte jusqu'à sa bedaine poilue. Puis il chantonne, poussant les gravats dans les angles. Flap rumine des songes durs. Ils travaillent sans échanger une parole, jusqu'à la pause. Alors Berg dit à ses compagnons qu'il les aime et qu'il est heureux. Bifur lui fait remarquer qu'il ignore encore tout de son passé.

– A ton avis, dit-il, l'air mystérieux, je suis un voleur ou un assassin ?

– Un apocalyptique, répond Berg, singeant les sentencieux.

Flap hoche sa tête maigre et blonde.

– Peut-être, dit-il. Peut-être.

– Bifur n'existe pas, grogne Vertadier. Bifur est un génie. Je veux dire un de ces personnages de fumée qui savent changer les arbres en oiseaux.

– Balivernes, rugit Bifur, le poitrail gonflé. Ne les écoute pas, petit. Je ne suis qu'un comédien, mais un comédien absolu : je n'ai jamais vécu sans masque.

Il grimace, esquisse une pantomime, rit, les mains à plat sur son ventre.

– Tu la veux, ma vie ? dit-il, les yeux gourmands.

Il prend un air inspiré, respire un grand coup, et déclame ceci, qu'il semble avoir longtemps répété :

– Je résume l'affaire : il y a bientôt vingt ans (le temps passe mes seigneurs !), voilà qu'un voleur, séduisant comme un diable, cambriole une dizaine de coffres réputés imprenables, dans les banques les mieux armées des beaux quartiers. Il déjoue toutes les embuscades avec une élégance narquoise qui lui vaut bientôt la sympathie du peuple : il est audacieux, insaisissable et probablement beau, on qualifie donc ses forfaits de faits d'armes et ses provocations d'insolences magnifiques. Car il provoque : trois fois il entraîne d'innocentes bourgeoises sur les lieux de ses exploits et leur fait souffrir, sous un édredon de billets de banque, quelques dégâts intimes. Les victimes, bien sûr, vont pleurnicher dans le giron policier mais font de leur agresseur des portraits contradictoires : il est grand, athlétique et peu bavard. Elles sont là-dessus toutes les trois d'accord. Mais la première le décrit barbu, la deuxième imberbe et convenable, la troisième moustachu et relativement chauve. Bref, il est évident qu'il ne sort de son repaire que soigneusement grimé. Il est donc indescriptible.

– Tu nous endors, dit Vertadier, les paupières déjà lourdes.

– Ah bon ! répond Bifur, vexé. Je me tais.

– Cet homme, c'était toi ? dit Berg, l'index pointé sur la bouche ouverte du gros jovial.

– Moi, petit, j'apprends ces détails comme tout le monde, par les journaux, poursuit Bifur avec superbe. Mais je te raconterai plus tard, quand les ploucs dormiront.

Vertadier grogne doucement.

– Allons, allons, gros.

– Tu as cassé mon ressort, rugit l'artiste. Bon. L'incident est clos. Je n'étais pas cet homme, non. Je n'étais, moi, qu'un comédien sans travail. Et voilà qu'un jour il me vient l'idée d'incarner ce truand magnifique. J'invente le rôle, je le travaille, je le digère, je l'assimile, je le savoure devant mes miroirs. Mais bientôt mes tirades solitaires me donnent la nausée. Il me faut un théâtre. Je cherche. Les scènes se dérobent. Alors je décide de jouer les voleurs à la mode dans le décor sans trompe-l'œil des avenues nocturnes. Un soir, je descends de mon grenier et m'en vais dans la nuit comme l'on entre en scène, la gorge nouée par le trac, empli jusqu'aux yeux de mon personnage. Je suis parfaitement grimé, je trimballe une valise tout encombrée d'outils sophistiqués. Bien sûr, je n'ai pas l'intention, ni d'ailleurs le pouvoir technique, de dévaliser une banque. Mais, dis-moi, demande-t-on à Othello de tuer vraiment Desdémone sur la scène de l'Opéra ?

Bifur, debout contre la muraille, fait un grand geste de cabot magnifique et poursuit, des trémolos dans la voix :

– J'avais un sacré talent, petit. J'avais du génie peut-être. Vers une heure du matin, je suis pris par quatre policiers surgis d'une voiture banalisée. Je tente de fuir : c'est dans mon rôle. Ma valise s'ouvre sur le pavé : je l'ai prévu. Je suis ceinturé, fouillé. La fausse moustache se décolle. J'entends un hululement de sirène. Des phares blancs m'éblouissent. Alors je cesse de me débattre. Deux projecteurs en pleine gueule, je fais trois pas jusqu'à la rampe – je veux dire : jusqu'au bord du trottoir et, ma perruque à la main, je salue mon public. Je les ai eus, petit. J'ai franchi tous les obstacles : les interrogatoires, le procès (le tribunal, quel théâtre !). J'ai fait un triomphe. La preuve : on m'a aussitôt offert un nouveau rôle, celui de prisonnier modèle.

Julien Berg secoue Flap qui somnole.

– Il est fou, dit-il, incrédule. Il est fou. Il est en prison depuis combien de temps ?

Assis contre un tas de gravats, le menton sur la

poitrine, Vertadier ronfle. La lueur de la chandelle projette sur le mur et le plafond l'ombre formidable de Bifur le ventru, debout, les jambes écartées plantées dans les caillasses, la tête penchée de côté, le regard vague, un peu ivre.

– Au travail, dit Flap.

3

Berg franchit le seuil de la porte de fer, le soleil l'éblouit. Là-haut dans les miradors, derrière les vitres, les sentinelles ressemblent à d'imprécises divinités taillées dans des reflets de nuages. De petits groupes nonchalants se dispersent sur le ciment. Flap a décidé de jouer les diplomates : il prend deux hommes par les épaules et leur parle à voix secrète, en regardant le sol, comme font les enfants à la récréation. Où sont Bifur et Vertadier ? Berg les cherche, le regard froncé. Alors devant lui s'allonge une ombre colossale, il n'a pas le temps de se retourner, l'énorme paluche de Lavoir s'abat sur sa nuque, et il ricane, le monstre, on dirait que roule un torrent de cailloux dans son poitrail sonore, et voici sa figure en plein soleil, comme une large face de granit érodée mais vivante : ses dents grises brillent et ses petits yeux aussi, les sourcils haut levés sur son front de vieux roc bosselé.

– Tiens donc, petit fumier, tu cherchais le père Lavoir, je parie ?

Sa voix est dangereusement affectueuse. Berg se sent empoigné par la tignasse, derrière le crâne, il rentre sa tête dans les épaules, il grimace. Lavoir, la gueule ouverte, rit énormément, le trimballe comme un sac à travers la cour, le jette sur un banc, s'assied à côté de lui et le contemple, très satisfait, en se grattant le menton. Puis il ronronne :

— Raconte-moi ta vie, petit fumier. Ta vie.

Berg passe un doigt dans le col de sa chemise, rajuste ses vêtements, un léger vertige embrume son regard, ses oreilles bourdonnent, un instant les silhouettes éparpillées jusqu'à l'ombre des murailles lui semblent étrangement lointaines. Il se force à sourire pourtant. Il dit :

— Je ne me souviens pas très bien où j'en étais resté.

— Joe Sabra, gronde la brute, et ses yeux gourmands louchent un peu. Ce sacré Sabra. L'Amérique. Tu étais en Amérique.

Berg fronce les sourcils et son regard s'évade. Bifur et Vertadier restent introuvables. Ils étaient pourtant juste derrière moi, pense-t-il. Flap, là-bas, a l'air de s'inquiéter aussi de leur absence. Heureusement, il ne semble pas en difficulté. On dirait même qu'il règne sans douleur sur son petit groupe effervescent. Une énorme bourrade en pleine poitrine réveille le rêveur.

— Alors ? rugit Lavoir.

— Alors, monsieur, comme je vous le disais hier, c'est dans un faubourg de Phoenix que j'ai rencontré Joe Sahara, dont je vous ai raconté l'histoire. Il était très vieux, et tout à fait fou. J'étais, moi, en ce temps-là, une sorte de médecin — comment dire ? — spirituel. Oui, monsieur, j'avais dans ma jeunesse étudié l'art de guérir la folie et je l'exerçais encore avec passion. Joe Sahara, dès que je l'ai vu, m'a fasciné : il était pareil à un dieu antique, à un clochard céleste, efflanqué, barbare, échevelé, loqueteux et béat. Il habitait dans un terrain vague bourbeux, sous une bâche verte tendue entre deux carcasses de voitures. Un peuple de parias inquiétants vivait là dans une effroyable misère, les moins faméliques occupant quelques taudis de briques, les plus maigres de vieux camions naufragés. Joe Sahara était en ce lieu considéré comme un respectable bouffon. En fait, un an à peu près avant que je le rencontre, une superbe démence avait envahi son esprit. Il faut que je vous raconte cela : imaginez ce vieux Sahara, mystique, grotesque, déjà durement abîmé par ses tribulations. Un matin, voilà qu'il s'éveille dans la poussière ordinaire de son terrain vague en appelant ses domestiques d'une voix hargneuse. Vous pensez bien, monsieur, que personne, de sa triste existence, ne l'a jamais servi, ni homme, ni femme, ni chien. Son fils, alors (il considérait comme tel un enfant infirme qu'il avait recueilli et qui devait avoir une dizaine d'années), son fils, donc, examinant le visage du pauvre Joe empreint d'une insolite majesté, comprend aussitôt qu'il a quelque peine à sortir des fantasmagories du sommeil. Il le secoue, il lui parle avec inquiétude. Joe le bouscule, se lève et, l'air parfaitement voluptueux, se met à frotter son corps de parfums imaginaires. Puis une invisible servante l'enveloppe dans d'impalpables serviettes chaudes et l'habille de vêtements chimériques. Après quoi il sort, s'assied à l'ombre d'un bidon rouillé et convoque le peuple. Des femmes en haillons, des gosses étonnés, des rieurs misérables, ivrognes obtus, clochards, vieux voyous, accourent et s'amusent de lui. Il écoute les railleries, les quolibets et les insultes de l'air compassé d'un seigneur accablé de flatteries, puis, caressant son ventre concave, il rote comme un émir pansu et demande que lui soit servi son déjeuner matinal. On lui jette des mottes de terre, des touffes d'herbe et des épluchures moisies. Il les déguste sans la moindre répugnance, se lèche les doigts et demande que l'on complimente de sa part les cuisiniers. Les gens, bientôt lassés de railler, s'accoutument à sa folie. Ainsi Joe Sahara s'installe dans une opulence fictive et, une année entière, vit déraisonnable mais heureux.

C'est alors que j'arrive, moi, armé de mon orgueilleux savoir. Oui, monsieur Lavoir, je me croyais savant et valeureux, en ce temps-là. Je me sens tout ridicule de vous avouer cela. Par quels étranges chemins suis-je venu me perdre dans ce misérable faubourg de Phoenix ? En vérité, je cherchais mon frère. Je vous raconterai tout à l'heure mes vagabondages. Je crois qu'ils vous passionneront et vous instruiront utilement. Mais il faut d'abord que je vous dise comment j'ai soigné Joe Sahara, et ce qui s'ensuivit.

On l'appelait, à cette époque, le Simple. Dès que je l'ai vu délirant joyeusement, je me suis senti aussitôt pris du violent désir d'exercer sur lui ma science. Non point par générosité : seule m'exaltait l'ambition de vaincre une fois de plus (oui, j'avais connu quelques succès) le dragon de la folie. Armé de mon talent, je suis donc entré dans l'esprit de Sahara le Simple et j'ai livré bataille, trente jours durant. Au matin du trentième jour, l'idiot s'est réveillé lucide. Je tremble encore, monsieur, quand je me souviens de cet instant. Dépouillé de sa bienheureuse folie je l'ai vu frotter ses yeux, palper son corps efflanqué, et pleurer sur sa misère retrouvée. Il m'a demandé quel péché, quel crime il avait commis pour être ainsi revenu en enfer, après un an de paradis. J'ai stupidement tenté de lui faire admettre que son désespoir était salubre, car il était le signe de sa guérison. Alors il a voulu me frapper. « Homme cynique, m'a-t-il dit, effronté, regarde-moi, couvert de haillons crasseux ! Regarde mon corps délabré, mes côtes saillantes, ma face creuse. Comment oses-tu prétendre que tu m'as rendu la santé ? » En ce temps-là, monsieur Lavoir, j'étais un personnage d'une humanité douteuse. Honte sur moi ! Savez-vous ce que je lui ai répondu, avec une condescendance glaciale ? Ceci : « Il est vrai, Sahara, que tu es fort maigre et mal vêtu. Je te conseille donc de t'habiller de laine et de manger raisonnablement, deux fois par jour. Si tu n'as pas d'argent pour payer ces remèdes élémentaires, je ne peux rien pour toi. Je soigne le corps et l'esprit des hommes. Les tares sociales m'indiffèrent. »

Je me souviens que quelques femmes ont ri servilement. L'une d'elles, presque enfant, m'a regardé avec une écœurante affection. Je suis parti. J'ai appris quelque temps plus tard que, ce jour-là, j'avais bel et bien tué Sahara le Simple : resté seul avec son invivable santé, il s'était tranché la gorge d'un coup de couteau rouillé. Extrêmement ému par ce dénouement déplorable, j'ai aussitôt décidé d'abandonner mon métier. Je ne l'ai plus exercé depuis, je vous le jure. Aujourd'hui, combien d'années sont passées ? Je ne sais pas. Je ne suis plus assez fou pour compter les jours, car les mêmes reviennent sans cesse sous des vêtements différents, selon les saisons et le caprice des nuées. Je suis sorti de ma carcasse d'orgueil, monsieur Lavoir. Voilà la vérité.

Un sourire enfantin illumine le visage de Berg, qui hoche la tête avec conviction. Le gros balourd le contemple, ses petits yeux sont humides, son front est froissé, il ronfle doucement, bouche bée, tant il est rêveur. « Ma parole, j'ai failli le faire pleurer », se dit le chétif tout jubilant. Bifur et Vertadier sont nonchalamment appuyés à la muraille, là-bas, près de la porte. Ils semblent flairer l'air avec une insouciance suspecte.

— Alors, grogne Lavoir. Dis, alors ?

Maintenant Berg prend son temps. Il regarde longuement le colosse. Dans son regard brille une lueur nouvelle. Le voilà presque insolent.

— Demain, dit-il.

Dans un rugissement tonitruant, Lavoir l'empoigne par le collet et le soulève. L'haleine puante et chaude du monstre envahit les narines du pauvre Berg dont les bras ouverts battent l'air, comme s'il voulait s'envoler. Il suffoque, les poings qui l'étreignent s'ouvrent, il retombe lourdement sur le banc.

— Je ne voulais pas vous ennuyer, dit-il, pitoyable, en essayant de rajuster sa chemise déchirée.

— Si tu m'ennuies, je cogne, répond Lavoir.

Il sourit largement, ses dents grises ressemblent à un chaos de petits menhirs dans un pays noir, au fond de sa gorge gargouille un ricanement stupide. Berg passe une main tremblante sur son front et poursuit son récit avec difficulté.

— J'étais donc arrivé à Phoenix, comme je vous l'ai dit, sur les traces presque effacées de mon frère aîné. Or, je suis persuadé, quoique je n'en aie pas la preuve, qu'il n'était plus en Amérique au temps où je l'y cherchais. Je crois qu'il s'était embarqué pour la deuxième fois à la poursuite d'une île perdue en plein Pacifique, oui, à la recherche d'un vieux trésor enfoui dans une caverne presque inaccessible, au sommet d'une montagne d'or et de charbon. Avez-vous entendu parler du Clou du Monde, monsieur Lavoir ? Tel est le nom de ce pic dressé sur l'océan. On dit qu'il est effrayant et splendide. Aucune herbe, aucun arbre ne pousse sur ses flancs. Il n'est que roc d'un noir éclatant, veiné de phosphorescences fauves, et sa cime pointue troue les nuées. On raconte, mais c'est pure légende, que sur ce Clou du Monde environné de perpétuelles bourrasques, est la cité sacrée des aigles. Il est dit qu'au cœur de cette cité un oiseau-roi d'une prodigieuse envergure couve un œuf de pierre qui tiendrait à peine dans vos mains unies, monsieur Lavoir. Mais je crains de vous lasser avec ces balivernes.

— Raconte, grogne l'énorme. Raconte.

Il se dandine sur ses fesses et croise les bras.

— Oh ! c'est bien peu de chose. Quelques pêcheurs ont parfois tenté l'escalade de ce pic fabuleux. Ils voulaient, voyez-vous, conquérir l'œuf de l'oiseau-roi. Aucun n'est jamais revenu. Mais personne ne sait s'ils ont péri dans l'aventure, ou triomphé, car dans cet œuf légendaire est enfermé le plus puissant talisman de la terre, comme une amande dans sa coque. On prétend que ce talisman est une petite pierre d'un beau vert émeraude dont la vertu est de rendre invisible et immortel celui qui la possède. Mon frère, bien sûr, n'a jamais accordé le moindre crédit à cette fable. S'il se croyait assuré de trouver un trésor à la cime du Clou du Monde, c'est qu'il détenait des preuves palpables de son existence. Croyez-moi, monsieur Lavoir, le Bénédictin (c'est ainsi qu'on l'appelait) ne s'est jamais embarqué sans biscuit. Ses ennemis l'ont toujours considéré comme un individu fourbe et vicieux, mais en fait il n'était que savant, et trop intelligent, je l'avoue, pour n'être pas un peu craintif. Comment cet homme fragile et timide est-il parvenu à s'emparer de l'inestimable document qui désignait l'emplacement exact du trésor ? Comment la carte marine annotée jadis par le navigateur-prophète Vicente Nui est-elle tombée entre ses mains ? Voilà bien l'histoire la plus étrange que je connaisse. Je vous la raconterai demain, monsieur Lavoir. Je dois pour l'instant aller m'occuper de notre bibliothèque, où j'espère que vous me rendrez visite, un de ces jours.

Lavoir rote et sourit tristement.

— Je ne sais pas lire, dit-il.

Maintenant, les bruits de paroles et de sabots sur le ciment sont couverts par le hurlement lugubre des sirènes qui déferle des miradors. Par petits groupes les prisonniers s'acheminent vers la porte de fer. Un homme soudain surgit sur le seuil et titube à leur rencontre, en plein soleil, le visage ensanglanté. C'est Sourcefer. Il est aussitôt entouré, dissimulé derrière un rempart d'épaules et conduit vers le couloir obscur. Nul ne murmure, chacun sait. Derrière le groupe compact qui entoure le blessé vont Bifur et Vertadier, les mains aux poches, l'air innocent. Flap les suit, furibond, lance des coups de pied dans leurs jambes et les insulte à voix basse. Berg, scandalisé, vient à grands pas vers lui et demande, le front traversé de rides désordonnées :

– Hé, qu'est-ce qui se passe ?

Flap ne répond pas. Lavoir, sur son banc, rêve encore.

Bifur pousse la porte de la bibliothèque, passe sa tête joufflue par l'entrebâillement, fait rouler à droite, à gauche, ses yeux ronds et entre sur la pointe des pieds. Berg abandonne son balai, vient vers lui. Il dit à voix de conspirateur :

– Où est Vertadier ? C'est lui qui a massacré Sourcefer ? Pourquoi ?

Bifur agite ses mains comme un illusionniste, prend son compagnon par l'épaule et le conduit au fond de la pièce.

— Je n'ai pas beaucoup de temps, dit-il. Sourcefer va probablement venir te voir. Méfie-toi, tu le connais mal, il est plus fort que tu ne crois. La semaine dernière, il est arrivé à convaincre un type que l'extérieur n'existait pas. Ce matin, le pauvre bougre s'est suicidé. Toi, tu es nouveau, tu as l'air fragile, un peu timide, logiquement il doit t'estimer vulnérable.

Bifur pointe l'index sur la poitrine de Julien Berg bouche bée.

— Tu es la brèche par laquelle il peut entrer chez nous, et nous détruire. Tiens-le à distance, hérisse-toi, bouche-toi les oreilles ou joue les idiots, comme tu voudras, mais baise-le. Baise-le.

Il s'éloigne vivement, se retourne sur le pas de la porte, sourit.

— Si je puis m'exprimer ainsi, dit-il, superbe. Salut.

Il sort. Berg s'assied, pousse un soupir accablé, contemple le mur de livres qui lui fait face et murmure : « L'extérieur n'existe pas. » Alors un irrépressible fou rire l'envahit et le secoue et lui fait perdre haleine. Les larmes ruissellent sur ses joues, il ne voit plus que brume, les mains sur sa poitrine maigre il rit, la tête renversée, la bouche grande ouverte, il rit à grandes cascades, comme un désespéré joyeux, il sanglote, il s'étrangle, il gémit. Il essuie ses yeux enfin, il les écarquille. Son souffle se coince dans sa gorge.

Devant lui se tient Sourcefer qui le regarde, extrêmement étonné.

– Tu as fait vite, dit Berg (il rit de plus belle). Excuse-moi, je suis très incorrect. L'enfer n'existe pas. Je veux dire : l'extérieur. Oh ! ta tête.

A nouveau il hoquette, la main sur la bouche. L'autre le contemple sévèrement, de l'œil droit. Le gauche est fermé, bleu et enflé. Les pommettes sont fendues, et mauves. Le nez est écorché, la lèvre inférieure pend lamentablement comme un morceau de viande mal cuite. Il bafouille en postillonnant à verse :

– Ce salaud de Bifur est venu cracher son venin, hé ? Et toi, pauvre larve, tu te laisses mener par le bout du nez. C'est bien ça ?

– Ah ! fait Berg, l'index sentencieusement levé. Les nez n'ont pas de larves. Non : vice versa. Oh ! je n'en peux plus.

Sourcefer laisse tomber un livre sur la table.

– Je rends *les Monnaies anciennes*, dit-il avec un formidable mépris. Note-le. Donne-moi *la Muqqadima*, de Ibn Khaldun. Premier rayon. Là-haut.

Au réfectoire, Flap rumine sa rage. Les dents clouées il s'enferme dans un mutisme de roc que personne ne tente de rompre, sauf Bébé. C'est un petit blond aux yeux gris – il a pourtant les cheveux cendrés aux tempes — dont le bavardage doux amuse, attendrit et délie d'ordinaire les nœuds d'angoisse. Dès que Flap est assis, il se faufile en bousculant gentiment la foule traînarde pour être le premier à prendre place auprès de lui.

— Tout de même, dit-il en pétrissant entre ses doigts de petites boulettes de mie de pain, il est peut-être bon que Sourcefer ait été un peu massacré. Je ne dis pas ça pour envenimer le débat. Simplement, voilà : moi je suis né dans une vraie maison. Devant cette maison il y avait un jardin. Et au-delà de ce jardin, un paysage. Tu comprends, Flap ? Je suis sûr que tu comprends.

Flap, buté, ne répond rien. Il contemple son assiette, l'œil fixe, et dévore rageusement son ragoût.

— Bon, poursuit Bébé avec une bonne volonté touchante. Je précise. Écoute bien, Flap, écoutez tous.

Il dit, comme s'il récitait une prière, le visage illuminé par une ferveur un peu gênante, tant elle est enfantine :

— Moi je me souviens d'une barque verte posée sur l'eau grise d'un canal tracé tout droit dans une plaine de tourbe noire, tout droit jusqu'au ciel très bas, jusqu'à la brume. Le matin, quand je me levais, j'ouvrais la fenêtre, je clignais les yeux et je voyais une tache verte qui se balançait dans le gris. Un jour, un rayon de soleil est tombé sur le canal et j'ai eu l'impression que le paysage me regardait. Alors je l'ai aimé comme un vivant, tu comprends ?

Il se tait et laisse aller un instant le silence. Puis il reprend, une lueur rigolarde dans l'œil.

– Je veux dire que si quelqu'un, un jour, voulait me faire croire que ma vie passée, mes souvenirs sont imaginaires, je ne lui casserais pas la gueule parce que je ne suis pas assez costaud, mais je le haïrais. On n'a pas le droit de torturer les gens aussi salement.

– La vérité ne blesse que les faibles, dit un petit noiraud au front bas, de l'autre côté de la table.

Il ricane sournoisement, cherchant le regard de Sourcefer, à la dérobée, en quête d'approbation.

– Et Vertadier ne blesse que les cons, répond Bébé.

Sûr de son effet, il se sert, impérial, une pleine louche de ragoût. Un chahut subit déferle sur la tablée, tout le monde rit sauf Sourcefer qui essuie avec précaution ses lèvres boursouflées, repousse son assiette, croise les bras sur sa poitrine et ferme les yeux. Les gardiens cognent aux vitres de leur cabine quelques coups secs que nul n'entend. Alors ils remuent et se dressent aux quatre coins de la salle, l'arme au poing, s'avancent lentement, font le tour de la table. Les échines se courbent. Le silence revenu, ils retournent à leurs cages transparentes et les voilà de nouveau pareils à des mirages. Alors Flap dit furieusement, à demi dressé sur son siège :

— Vous ne comprenez pas ? Ils nous font bouffer une drogue qui nous rend amnésiques. Ils effacent nos vies passées. Je connais des types dans le bloc à côté qui sont devenus fous. Bébé a raison. Il faut absolument que chacun, clairement, très fort, se souvienne.

— Je suis tout à fait d'accord, dit soudain Sourcefer à voix sonore et grave. Seule la mémoire nous accroche à l'extérieur. L'extérieur est dans nos têtes, les gars.

— Qu'est-ce que tu racontes ? hurle Bifur. L'extérieur est là-bas, derrière les murs. Derrière les murs il y a des gens, des rues, des villes, des arbres, nom de Dieu, des jours, des nuits, des déserts, des océans, des saisons, sacré bordel.

— Tu peux le prouver ? dit Sourcefer, très sec.

Bifur, cramoisi, complètement abasourdi, tourne à droite, à gauche, la tête, cherchant un allié. Les hommes autour de lui demeurent pensifs et moroses. Bébé murmure, le nez dans son ragoût :

— L'eau des carafes est droguée. C'est un infirmier qui me l'a dit. Le médicament agit plus ou moins vite et plus ou moins profond selon les gens mais nous finirons tous dans le brouillard, c'est sûr. Regarde autour de nous : les anciens sont déjà presque perdus. Moi je refuse de crever aussi salement.

— Parce que tu as l'intention de crever ici, toi ? dit Flap, à voix tout juste audible.

— Oui, répond Bébé. Je n'ai rien à faire dehors, rien à dire aux gens, aux rues, aux arbres, au grand tintouin du monde. Ici n'est pas pire qu'ailleurs. Je n'ai aucune raison de pousser mon cerveau plus loin.

Le soir venu, dans la cellule, Flap sermonne durement ses compagnons.

— Vous avez agi, dit-il, contre notre intérêt. Vous n'êtes que des voyous épais.

L'insulte fait sourire Bifur. Vertadier se renfrogne.

— Nous creusons un trou clandestin et vous attirez sur nous les projecteurs. Hé ! vous êtes fous ? Boulanger et sa bande exigent toujours que nous abandonnions nos projets. Heureusement j'ai pu conclure avec eux un pacte provisoire. Ils estiment urgent de neutraliser Sourcefer, dont l'influence s'étend. Je leur ai proposé notre aide. Ils ont accepté. Mais ils refusent de déclarer ouvertement la guerre au grand salaud. Ils veulent avancer prudemment, ils ont horreur des massacres. J'ai bien peur que, maintenant, ils n'aient plus confiance en nous.

— Demain, j'irai leur présenter nos excuses, dit Bifur, tout penaud. Je leur promettrai de ne plus recommencer.

Flap hausse les épaules. Berg demande :

— Qui était ce type qui s'est suicidé ?

— Un pauvre simple, répond Vertadier de sa lourde voix paysanne. Une sorte de chien. Il ne savait pas penser. Il avait les yeux et les sourcils tombants. Il parlait peu, c'était un égaré. Il avait tué son père.

Bifur mime, volubile, les lèvres courbées en une moue épaisse :

— C'était un garçon sans malice, dit-il. Il racontait son histoire à qui voulait l'entendre : « Quand j'étais petit, maman était une sainte. Maintenant, elle est partie. Elle me disait toujours que papa était le diable parce qu'il se soûlait et qu'il crachait sur le carrelage de la cuisine. Alors j'ai pris un couteau et j'ai frappé le diable – enfin : papa. Tu comprends ? » Et il te regardait la bouche grande ouverte, en riant bêtement. Il s'appelait Mangematin. Il disait aussi qu'il rêvait de fleurs, toutes les nuits. De montagnes de fleurs.

Vers minuit, dans la tombe, entre deux poussées furieuses au fond du boyau, Bifur, l'air très mystérieux, dit à Berg qu'il a découvert son dossier au bureau des archives, où il travaille. Berg semble extrêmement contrarié.

— Les autres savent ? dit-il.

— A ton avis ? répond l'autre, malicieux.

Ils regardent ensemble, à la dérobée, leurs compagnons maculés de sueur et de boue qui remuent des cailloux à l'entrée de la galerie.

— A mon avis, non, dit Berg.

— Alors ne t'inquiète pas. Tu parleras quand tu voudras.

Vertadier au fond du trou fait sonner son outil contre une pierre et ne bouge plus. On l'entend qui gratte doucement, qui souffle, qui ronfle. Il sort enfin à reculons, se griffant le ventre aux graviers. A genoux, il dit à ses compagnons penchés sur lui :

— J'ai trouvé la première muraille. Demain, les gars, on troue le bâtiment.

Le rempart est à quinze mètres, droit devant.

4

Flap, les mains croisées sous la nuque, les yeux grands ouverts, regarde venir l'aube par la lucarne. Sur la couchette parallèle, de l'autre côté de la porte, Berg remue, gémit :

– Oh ! j'ai chaud.

Il se dresse sur le coude.

– Hé ! Flap, hé ! tu es réveillé ?

– Tu vois, dit Flap.

– Je viens de faire un drôle de rêve.

Bifur et Vertadier dorment, poussant de grands soupirs de forge. Berg se laisse retomber sur sa paillasse, contemple longuement le plafond puis murmure à voix rauque :

– Comment sais-tu qu'on nous drogue ?

– Je ne le sais pas, répond Flap, sans que bouge son visage, ni ses yeux fascinés par le jour naissant.

– Tu l'as dit, et Bébé aussi.

– Bébé invente. Moi je suppose.

Un long nuage oblique traverse la lucarne. Un

instant il est comme une écharpe tendue, blanche, à peine rose, puis il se défait dans un désert de vapeur grise. Vertadier sur sa couchette basse geint sourdement, agite sa tête à droite, à gauche, se délivre d'un cauchemar, se tourne sur le côté, appuie son front contre le mur, soupire comme un ballon troué. La lourde carcasse enfin s'apaise et ronfle.

— Chaque matin, dit Flap, je trouve le ciel un peu plus lointain que la veille. J'ai l'impression qu'il s'éloigne. Parfois je me demande si nous n'allons pas tomber dans le grand vide blanc, au bout de la nuit. Qu'est-ce que tu as rêvé ?

— Un corbeau mort sur une plaine de neige saignait tout rouge. Au loin, une fille courait. Je l'ai poursuivie, à cheval. Je suis arrivé à sa hauteur, j'ai vu son visage, très beau. Elle regardait l'horizon, l'air extrêmement inquiet. Cette fille ne semblait pas se préoccuper de ma présence, elle courait comme si elle avait été seule sur la plaine, comme si j'avais été invisible. J'ai chevauché un moment près d'elle, puis je me suis penché et j'ai vu qu'un foulard bleu était noué dans ses cheveux. J'ai tendu la main, je l'ai arraché, il a flotté un instant devant mes yeux, je l'ai mis entre mes dents, j'ai pris les rênes à deux mains et je me suis enfui. Alors j'ai senti quelque chose cogner contre ma poitrine, au bout de ce morceau d'étoffe tout à coup tendu, pesant. Je me suis arrêté au sommet d'une colline.

Un vent léger soulevait la neige, j'étais prisonnier d'une sorte d'écume qui tourbillonnait lentement autour de moi. Oh ! tout ça n'a aucun intérêt.

— Continue, dit Flap, un sourire menu au coin de la bouche.

— Au bout du foulard pendait la tête de la fille, qui me regardait méchamment.

Flap rit, une lueur enfantine dans l'œil, vite effacée. Il s'assied sur son lit.

— Tu devrais raconter cette histoire à Lavoir, dit-il.

— A Lavoir je donne mes vies, murmure Berg, les yeux clos. Je me demande si cet ogre ne commence pas à souffrir d'amour fou. Je me demande s'il ne sent pas qu'il me prend plus que des paroles.

— Quoi ? dit Flap.

— De la sève. Du lait de père. Il tète. Quelque chose germe dans son cerveau. Je me trompe peut-être complètement.

Une porte claque au loin, dans l'infini des couloirs.

Maintenant Lavoir n'est plus seul à écouter Julien Berg, dans la cour. Un petit groupe d'hommes aux visages épais, aux regards innocents, enferme dans un cercle opaque l'ogre et le conteur assis face à face, à califourchon sur le banc. Et Lavoir, béat, la tête penchée de côté, les mains posées sur les genoux, parfois lance un clin d'œil complice aux gens qui l'environnent, parfois hoche la tête avec vigueur, les yeux brillants, parfois se gratte la joue, pétrifié, l'air absent, mais sans désemparer s'abreuve de paroles et longuement jouit.

— Or donc, dit Berg, l'index dressé devant son visage, je dois vous dire aujourd'hui comment le Bénédictin — mon frère aîné — est parvenu à s'emparer de la précieuse carte marine sur laquelle le navigateur-prophète, Vicente Nui, avait consigné l'emplacement exact de son étonnant trésor, déposé jadis dans le fier chaos du Clou du Monde.

Il n'est plus craintif ni soumis. Il ne règne pas encore sur l'abreuvé de paroles mais il savoure déjà son pouvoir avec un étonnement intime qui l'enivre un peu. Il éprouve le tranchant des mots, ose des gestes théâtraux à peine esquissés mais secrètement enthousiastes, prend le temps de gonfler sa poitrine avant de conter son histoire lentement rythmée devant les bouches bées.

— Sachez, dit-il, que mon frère n'était pas un homme ordinaire. Il avait l'allure inoffensive d'un fonctionnaire gris et maigre au profil crochu. Il était fort peu bavard mais capable, à mi-voix, d'humour ravageur et d'intelligence lumineuse. Il avait lu d'innombrables livres en quelques langues mortes. Voilà pourquoi sans doute on l'appelait le Bénédictin, non sans respect.

Son aventure commence à Rome, où le hasard l'a conduit, vers sa dix-septième année, après qu'il se fut enfui de la maison familiale. Ma mère était morte en me mettant au monde (j'étais son troisième enfant) et dès ce jour notre pauvre homme de père n'a plus jugé convenable de nous aimer. Aussi avons-nous vécu en sa compagnie, mes deux frères et moi, l'enfance la plus mélancolique et sévère qui soit. Le Bénédictin, le premier, s'en est allé, en ne faisant confidence qu'à moi de ses projets, au demeurant très vagues. Le voilà donc à Rome, où, après quelques aventures mineures, il exerce pauvrement le métier de bouquiniste dans un quartier étroit et vénéneux peuplé de commerçants usés, de jeunes voyous au mollet nerveux, de putains crépusculaires et de vieilles gens abandonnés dans de vastes demeures pourrissantes. Une nuit, à l'heure proche de l'aube où les noctambules s'endorment, voici que sonne un pas pressé sur le pavé de la ruelle où le Bénédictin tient boutique. Parmi ses livres poussiéreux il étudie, sous la lampe, un vieux texte alchimique. Ce pas solitaire le distrait un instant, il regarde par la vitrine, il aperçoit le visage triangulaire de Gripari, un homme fort connu dans le quartier. Gripari est un trafiquant notoire. Il fournit en opium la haute société romaine. Mais en vérité il n'est pas un malfrat ordinaire. On dit de lui qu'il vit seul dans une obscure tanière, qu'il est pourtant très riche et qu'il garde imprudemment sa fortune chez lui, dans un coffre dont la clé ne le quitte jamais. Ce soir-là, il vient de dîner chez un ministre de ses clients, dont il convoite la fille. Il va, son poing crochu fermé sur le pommeau de sa canne, le dos rond, l'œil aux aguets. Tandis qu'il traverse la lueur d'un lampadaire, le Bénédictin, qui l'observe, voit errer, à la limite des ténèbres, une ombre humaine. Gripari s'arrête, méfiant, renifle l'air humide, et soudain pousse un rugissement de fauve. L'ombre bondit sur lui : c'est une femme vêtue de noir, gantée de rouge. Un couteau s'enfonce dans le ventre de l'homme. Il rote du sang, tombe à genoux, se relève avec une étrange vigueur, fait trois pas dérivants et s'effondre contre une porte qui s'ouvre avec fracas.

Julien Berg se tait un instant et contemple son public, avec satisfaction.

— Cette porte, dit-il, tout gonflé d'emphase, est celle de la boutique de mon frère le Bénédictin. Oui, monsieur Lavoir, oui, messieurs.

Lavoir glousse, il rit, étonné, distribue autour de lui des bourrades jubilantes, puis pose sa large main sur la tête de Berg avec l'affection joviale d'un maître pour son chien. L'autre aussitôt se dégage, saisit la pogne et la secoue, parodiant une congratulation vigoureuse. Quelques rires dégringolent des visages penchés. Berg, soudain confus de la liberté qu'il vient de prendre, poursuit avec empressement.

— Qu'auriez-vous fait, monsieur Lavoir ? Le Bénédictin vient au secours du blessé, tandis qu'un bruit de cavalcade éperdue s'éteint au bout de la ruelle. Il le tire à l'abri, le couche sur un vieux divan, et le regarde en se grattant le crâne. Le voilà dans le plus étrange embarras. Que faire de ce moribond sanglant ? Le conduire à l'hôpital ? Il pourrait être accusé de l'avoir lui-même assassiné. Le ramener chez lui ? Qu'y ferait-il, ainsi blessé ? Gripari n'a ni famille ni domestique. D'ailleurs, il n'est plus temps de songer à le sauver : les yeux aveugles, il se recroqueville comme un nouveau-né, pousse un râle et meurt. Alors le Bénédictin s'assied devant le cadavre et prend à deux mains sa tête. Gripari, se dit-il, a toujours vécu seul, et personne ne l'a vu mourir, sauf moi. Voilà bien le point important : je suis le seul témoin de son assassinat. Je peux donc sans crainte tirer les marrons de ce feu que je n'ai pas allumé. Qui, en effet, pourrait m'empêcher de courir avant l'aube chez cet antipathique vautour, de vider son coffre et d'enterrer sa dépouille au fond de la cave ? Personne ne saurait m'accuser ni du vol ni du crime : je n'ai jamais entretenu avec cet homme la moindre relation. Au travail donc, et vivement, car le jour vient.

Le Bénédictin se penche sur le cadavre de Gripari, lui ferme les yeux, décroche la clé suspendue à son cou par une chaîne d'or, jette sur son épaule un vaste sac de cuir, sort dans la nuit froide et silencieuse, ferme sa porte à double tour et s'en va par les ruelles pavées. Il revient au petit matin, extrêmement perplexe. Son butin est assez maigre mais bouleversant : il n'a trouvé, dans le coffre du trafiquant, que quelques maigres liasses de dollars, une lettre très obscure postée un an plus tôt à Phoenix et une carte marine annotée à l'encre rouge indélébile. Je vous ai dit que mon frère était savant. Après avoir enfoui dans la terre charbonneuse de sa cave le corps de Gripari, quelques heures lui suffisent pour découvrir l'immense valeur de cette carte : c'est celle du fameux Vicente Nui, un navigateur mystique qui, au temps de la conquête du Nouveau Monde, s'était converti à la religion des Incas, avait pillé les pillards espagnols et caché, on ne sait où, un colossal trésor. Maintenant il sait, le Bénédictin : sur le mont sacré du Clou du Monde. C'est ce que dit clairement le précieux portulan, dont l'authenticité n'est pas douteuse. Apparemment, Gripari, qui n'était pas homme à payer de sa fortune un document discutable, l'avait acheté à un aventurier de Phoenix qui, lui-même, d'après sa lettre, l'avait découvert, encadré sous verre comme une antiquité désuète, chez un brocanteur. Aussitôt, le Bénédictin s'embarque pour l'Amérique. Il craint que l'aventurier ne le devance sur le Clou du Monde. Cet homme, nommé William Vilar, a probablement recopié le portulan. Il est donc essentiel de le retrouver, de conclure avec lui un pacte ou de le tuer, si tout arrangement s'avère impossible.

Lavoir hoche la tête, farouchement, et, les deux poings fermés, étrangle devant lui un homme invisible. Alors un hurlement rageur explose au milieu de la cour et le colosse étonné tourne lentement la tête, en clignant des yeux, sur le ciment ensoleillé, Bébé tient d'une main Sourcefer au collet et de l'autre, l'index tendu, désigne un mirador.

– Demande-leur, braille-t-il avec une jubilation hystérique. Demande-leur si l'extérieur n'existe pas. Ils respirent du vent qui a traversé des arbres, là-haut. Ils voient des maisons, des routes. Ohé, dites que vous voyez des maisons aux toits rouges, et des routes grises et des carrefours, de l'autre côté de la muraille, dites, des marchands de légumes et des femmes au cul joli qui portent des paniers pleins de poireaux et des autos et des enfants qui vont à l'école avec des cartables trop grands et peut-être des lions dans un zoo, des oiseaux et des montagnes et des gens couchés dans l'herbe au cinéma qui parlent tranquillement de la mort en mangeant des fleurs, dites, nom de Dieu !

Il sanglote, il tousse, il tremble, il rugit encore, à voix sourde :

– Je te tuerai, Sourcefer, s'ils ne répondent pas.

L'autre le contemple avec une sorte de gaieté impitoyable. Il répond :

— Calme-toi, petit. Essuie tes larmes. Regarde le mirador : trois murs de ciment, un mur vitré. Les hommes là-haut ne voient que nous et le ciel.

Bébé s'accroche à deux mains aux épaules de Sourcefer. Son visage est livide, il grelotte, il essaie de sourire, il grimace. Et puis soudain le voilà à l'affût, le cou tendu, les yeux écarquillés.

— Écoute, dit-il, un camion, là-bas. Écoute sa musique, salaud. Quelqu'un joue du camion vert, sur une route, en regardant l'horizon. Je dis vert. Et toi ?

— Je dis : bleu, répond Sourcefer. C'est une bagnole du service intérieur. Elle roule entre les deux remparts. Elle va aux ateliers.

Bébé chancelle et tombe. Vertadier vient à son secours, à grands pas rageurs, se penche sur lui, le prend dans ses bras, le berce. Sourcefer hausse les épaules et s'éloigne. Pendant quelques instants on n'entend dans la cour, avec une exacte netteté, que les sanglots du désespéré contre le poitrail du paysan pacifique. Et puis la voix de Lavoir, joviale et sonore :

— Viens par ici, petit, viens écouter des histoires, ça te fera du bien.

Berg ricane, grimace, regarde distraitement le ciel et chantonne :

— La parole est la moitié de l'homme. L'autre moitié c'est son esprit. Le reste n'est que chair et sang.

— Alors, dit Lavoir, le Bénédictin s'embarque pour l'Amérique. Raconte.

Berg reste silencieux. Il regarde Bébé, que console Vertadier. Ils sont assis sur le ciment, en plein soleil. Ils parlent à voix basse, comme deux enfants enfermés dans un jeu secret. Un invisible dans un mirador hurle une insulte incompréhensible. On entend des rires fatigués. Flap, appuyé contre un mur, les poings aux poches, essaie de deviner qui vient de brailler, là-haut, dans la cage. Il ne voit que reflets de nuages et silhouettes indécises. Il dit rageusement entre ses dents une longue litanie de jurons. Un oiseau traverse le ciel en piaillant. Berg, le doigt tendu, le désigne :

— Il part vers le sud, dit-il.

Lavoir grogne, le regard puéril, les mains croisées sur sa bedaine :

— Ne t'endors pas, fils, j'ai besoin de toi. Parle, nom de Dieu.

L'autre s'incline et répond, avec un sourire très insolent :

— Vous me faites plaisir, monsieur Lavoir. Il me plaît de vous être indispensable.

L'auditoire remue autour des deux hommes. Un fluet servile pousse du coude l'énorme qui gronde, rigolard :

— Dis, tu cherches la gifle ?

Berg se penche en avant et murmure avec une soudaine gravité.

— Si vous avez quelque affection pour moi, j'aimerais que vous empêchiez Sourcefer de persécuter mes amis.

— Tes amis ? Tu as des amis, toi ? dit le monstre, la voix curieusement haut perchée. Voyez-vous ça ! le petit fumier a des amis.

Il prend à témoin les hommes qui l'environnent, l'air incrédule. Il rougit violemment, il respire à grand bruit. Quelque chose, en lui, vient de se fêler. Il a tout à coup figure humaine. Berg est complètement abasourdi. Il pense : « Il est jaloux, il est amoureux, le mahousse. » Un grand rire silencieux explose derrière ses yeux. Il dit, avec une apparente innocence :

— Eh bien quoi, c'est interdit ?

Lavoir se renfrogne, son nez se plisse, des rides turbulentes traversent en désordre son front, il hoche vigoureusement la tête, les mâchoires clouées. Il grogne comme un chien qui menace.

— Oui, c'est interdit. Interdit, compris ?

Sa main tombe entre les deux visages comme un couperet. Berg répond, tout raide, la voix à peine tremblante :

— Je trouve cela parfaitement injuste. Je vous avertis, monsieur Lavoir. Si vous refusez de m'aider, je ne vous raconterai plus d'histoires.

Alors il ne voit plus que la main du colosse levée devant le soleil. Il ferme les yeux, serre les dents. Sa tête éclate, son front heurte durement le ciment.

Il ne bouge plus. Il sombre dans un tourbillon noir puis se sent confusément empoigné par le col de sa veste, il flotte un court instant dans un espace indécis, il entend une voix lointaine dans un bourdonnement de cymbales.

— Hé ! tu ne vas pas me dire que je t'ai fait mal ? Hé ! petit, ne fais pas la mauvaise tête.

Il ouvre un œil. Lavoir le maintient en équilibre, les deux pognes sur ses épaules et le regarde avec une grimace contrite. Berg renifle un peu de sang. Il pense, hargneux : « Toi, je te jure que tu viendras manger dans ma main, salaud, à grands coups de langue. » Il gémit lamentablement, simulant une douleur déjà dissipée. Un léger vertige l'embrume encore mais il laisse aller sa tête contre sa poitrine, comme s'il était empêtré dans une torpeur épaisse. Lavoir le secoue doucement et ronronne :

— Réveille-toi, petit. Hé ! si ça te fait plaisir, d'accord, je ferai peur à Sourcefer. Il est plus costaud que toi, Sourcefer, tu sais.

Berg pose ses mains sur son visage et sourit, à l'abri. Puis il s'accroche à la veste de Lavoir, le contemple d'un air pitoyable et dit :

— Je me sens mieux. Vous auriez pu me tuer. Je voudrais un verre d'eau.

Lavoir flanque une bourrade au premier homme à sa portée.

— Tu as entendu ? dit-il, va chercher un verre d'eau.

A l'autre bout de la cour, Bébé parle maintenant avec Flap et Bifur. Il a l'air d'aller mieux. Un groupe assez animé entoure Sourcefer, qui pérore. Vertadier, tout seul, allongé sur un banc, les mains croisées derrière la nuque, regarde le ciel. Boulanger, le négociateur, entre dans la cour par la porte de fer. Il tient serré sous son bras un dossier de carton écorné. Derrière lui se faufile le porteur d'eau qui s'avance avec précaution, une timbale pleine à la main. Boulanger se dirige vers Flap, d'un pas décidé. Le cercle se referme autour de Berg, qui boit à longues goulées.

– Maintenant, dit Lavoir, raconte.

Berg s'essuie la bouche, fait claquer sa langue et dit, très enjoué :

– Mon frère, le Bénédictin est donc parti pour Phoenix, dès le lendemain de sa découverte. Par le premier vol intercontinental d'une journée de grand vent pluvieux. Je me souviens précisément de ces mots, écrits dans son avant-dernière lettre. Je vous ai dit qu'il avait trouvé quelque argent dans le coffre de Gripari. Tout compte fait, il en avait assez découvert pour voyager en première classe et louer un bateau convenable, avec son équipage. Il estimait cependant que quelques semaines lui seraient nécessaires pour dénicher William Vilar et négocier avec lui un arrangement qu'il espérait pacifique. Il appréhendait un peu cette aventure préliminaire. Il ignorait tout des dédales et des pièges de Phoenix, ville démesurée, et tout de l'homme qu'il lui faudrait apprivoiser, ou affronter. Peut-être était-il, cet homme, un caïd redoutable, peut-être s'était-il précipitamment embarqué pour le Clou du Monde, craignant de se laisser devancer par son probable concurrent. Le Bénédictin, pourtant, avait confiance. Le ton et le style de la lettre que Vilar avait expédiée à Gripari, avec le portulan, étaient ceux d'un homme sans envergure, et très naïf. En fait, à l'adresse inscrite sur l'enveloppe, mon frère, le jour de son arrivée, découvrit un assez jeune malfrat indigne de son intérêt. Vilar, bouffi d'alcool, avait déjà dépensé en frivolités vulgaires la moitié du prix astronomique payé pour la précieuse carte de Vicente Nui. Il ne croyait pas à l'existence du Trésor. Il doutait même de celle du Clou du Monde. Il estimait avoir trompé Gripari et s'en fit gloire, devant son visiteur, avec une épaisse jubilation. A Phoenix, le Bénédictin ne séjourna donc que quelques heures : de Vilar il n'avait rien à craindre, rien à espérer.

Tout surpris, un peu inquiet même d'avoir aussi facilement franchi le premier obstacle de son périple, il s'en fut à San Diego, où il parvint à louer un bateau, pour ce qui lui restait de dollars. Il s'embarqua par un matin trop calme. Le Bénédictin, homme intuitif et sage, n'aimait pas cette chance limpide qui, depuis son départ, l'accompagnait. Il la considérait comme un appât du diable. Son équipage était compétent et de franche apparence. Il aurait préféré avoir affaire à des voyous rétifs, tant son sens de la justice était farouche. Il lui semblait anormal, en effet, et pour tout dire malhonnête, de ne point payer de douleurs sévères et de dangers mortels ce trésor qui l'attendait. Au quatorzième jour de navigation, quand le Clou du Monde apparut à l'horizon comme une immense gerbe de lave noire pétrifiée sur les vagues écumantes, l'angoisse lui noua le cœur et le baigna de sueur fiévreuse. Le ciel était clair, la cime du mont, fichée dans le soleil, étincelait. Il se surprit à prier, perdu dans sa contemplation. Demanda-t-il au dieu des aventures, en cet instant bouleversant, d'abattre sur lui ses foudres ? Exigea-t-il de payer cash, d'un malheur difficilement réparable, l'or de Vicente Nui qui lui était offert ? Je ne sais. Mais le fait est qu'une fracassante tempête s'abattit, dès la nuit tombée, sur son bateau, soulevant autour de lui des vagues rugissantes semblables à des dragons marins. Alors, debout à la proue du navire, le Bénédictin échevelé, délivré de toute angoisse, offrit à la bourrasque un concert de chansons mal famées, s'égosillant contre le vent noir, heureux enfin et follement exalté devant l'épreuve dont il devait triompher avant de toucher à la fortune.

L'ouragan fut bref mais terrible. A l'aube, sur l'horizon lavé, le Clou du Monde avait disparu. Le bateau blessé dériva sur une île bossue et se fendit en deux contre un récif, à un mille environ du rivage. Un homme avait été perdu dans la tempête. Deux autres périrent là. Les survivants gagnèrent l'île dans une chaloupe, conduits et fascinés par la joie sauvage et l'inépuisable courage du Bénédictin.

Cette île, quoique de dimensions modestes, n'était pas déserte. Les naufragés s'en aperçurent avant même de toucher terre, voyant déferler d'une colline herbue une meute hurlante d'enfants nus, suivis de quelques adultes circonspects, armés de massues et de haches de pierre. Ces hommes étaient très monstrueux : leur corps était velu, leur denture féroce et leur regard stupide. Manifestement, ils n'appartenaient à aucune race connue en ce monde. Les navigateurs, en leur présence, s'appliquèrent à ne pas laisser paraître leur panique, se laissant flairer et palper avec dignité. La turbulence des enfants, pourtant, apparut bien vite étrangement hystérique. Quand l'un d'eux bondit sur le dos du Bénédictin, comme un chat sauvage, et mordit son épaule en poussant un grognement ravi, les adultes l'encouragèrent à grands éclats de rire. Alors, le premier, mon frère comprit, avec horreur : ces créatures en voulaient à leur chair. Il se dégagea et bondit dans la chaloupe. Il fut seul rescapé. Ses compagnons, aussitôt, furieusement assaillis, furent en un instant massacrés. Du bateau brisé où il trouva refuge, le Bénédictin assista au spectacle le plus abominable qui se puisse imaginer. Il vit son équipage dépecé, dévoré sur le sable de la plage et les ossements des malheureux dispersés dans la mer.

Il était promis au même sort. Une pirogue suffirait à le rejoindre, quand les monstres voudraient. Autant se livrer tout de suite à leur férocité. Un espoir déraisonnable, cependant, était solidement ancré dans son esprit : il ne croyait pas à sa propre mort. Périr, pour lui, était hors de question. Il se croyait destiné aux plus dures épreuves mais considéra toujours sa mort, jusqu'à son dernier souffle, comme une perspective absurde et improbable. Que croyez-vous qu'il fit, monsieur Lavoir ? Il réfléchit une nuit entière sur son épave. Dès le soleil levé, il emplit sa chaloupe de victuailles, et revint sur l'île, où, devant un grand feu qu'il alluma, il offrit à manger aux sauvages une nourriture qui leur était inconnue, et dont ils se régalèrent. Ainsi, il commença à les apprivoiser. Heureusement, cette étrange terre était giboyeuse. Ses réserves épuisées, jour après jour, il rôtit des volailles, concocta des soupes et gava les monstres de viandes savoureuses, pour ne pas être dévoré. On lui fit l'honneur d'apprécier sa cuisine. Il survécut. On lui bâtit même une maison de branches sur la Montagne Jalouse : tel était le nom de la plus haute colline de l'île, ainsi baptisée parce qu'elle n'était pas aussi superbe que le Clou du Monde, bien connu des sauvages. Je vous dirai demain comment le Bénédictin parvint à quitter ce peuple terrifiant, monsieur Lavoir. Pour l'instant, allez effrayer Sourcefer, s'il vous plaît. Je vois qu'il persécute encore mon ami Bébé.

5

Les livres intimident Lavoir. Il a longtemps frotté ses semelles contre le paillasson, au seuil de la bibliothèque ; il est entré comme dans une chapelle, sur la pointe des pieds, la tête dans les épaules, et s'est assis au bord de la chaise, devant la table de bois blanc. Maintenant, il regarde autour de lui, admiratif, les mains posées sur ses cuisses.

– Vous n'êtes jamais venu ici ? dit Berg.

Lavoir ne répond pas. Il contemple, sur les plus hauts rayons, des dictionnaires poussiéreux, et murmure avec un respect considérable :

– Tu as lu tout ça ?

– Peut-être. Je n'ai pas fini l'inventaire.

– Tu es très savant, hé ? Si je voulais, tu m'apprendrais à lire.

L'ogre affirme cela tout raide, avec une sorte de défi puéril qui trouble Berg et l'attendrit vaguement. Les deux hommes demeurent un long moment silencieux, ils écoutent des bruits lointains de machines, de pas ferrés, de voix sèches. Ils savourent ensemble un instant de paix précaire, ils se sourient, soudain complices. Berg dit :

— Et si je vous demandais, moi, de me raconter votre vie ?

Lavoir rit énormément, comme meuglent les vaches.

— Petit fumier, va, tu te moques de moi, dit-il. Je ne sais pas parler, moi. Je suis misère, misère. Il n'y a que des cailloux là-dedans. Des cailloux qui remuent.

Il cogne du poing sa poitrine puis son front, pris de lourde mélancolie. Berg contemple ses mains posées à plat sur la table, hésite un instant, et puis :

— Je t'aime bien, dit-il.

Alors le visage de l'ogre se penche de côté, s'amollit, se défait, se change en une boule de tendresse grotesque, presque indécente, ses petits yeux s'embrument, une larme dégringole sur sa joue grise, son nez rougit, sa bouche entrouverte tremble un peu. Le voilà comme un enfant monstrueux. « Pourvu qu'il ne tombe pas dans mes bras, pense Berg. Il m'écraserait, ce gros porc. » Il sent monter dans sa gorge une vague nausée.

— Tu t'es occupé de Sourcefer ? dit-il sèchement.

Lavoir s'exalte, il est pris d'une joie brute et l'exprime comme un chien le ferait, remuant sur sa chaise, la figure écarlate, le regard débordant d'envahissante reconnaissance. Il grogne abondamment, il dit enfin, extasié :

– Un copain, c'est comme un café de luxe. Ah oui ! je l'ai toujours dit, moi, ça fait chaud dans les viandes. Je ne suis pas tête-bêche, tu sais, petit frisé, je comprends les grandes choses du cœur, les sentiments qui tuent les microbes. J'ai de la bonne terre là-dedans. Toi par exemple, tu as besoin d'un vrai copain, c'est sûr. Et moi je suis là, sacré bordel, je suis là, je suis là !

Il tambourine sur son poitrail, reste un moment bouche bée, essoufflé, vidé de mots, puis se lève lentement. Il a l'air un peu ivre.

– Il faut que je m'en aille, petit, j'ai de la bûche à fendre.

Il se détourne. Berg demande à mi-voix :

– Dis, où travailles-tu exactement ?

– Dans la grande cave. Je casse du bois pour les chaudières.

– Il faut que tu m'aides.

– Demande, petit, demande, répond Lavoir avec avidité, penché en avant, les deux poings posés sur la table.

– J'ai besoin d'un outil.

Voilà l'énorme stupéfait, le front soucieux, le regard aiguisé, le nez ronflant.

– Pas grand-chose, dit Berg, une petite hache, ou une barre de fer. Tu es mon copain ou pas ?

— Pour quoi faire, fils ? Dis, pour quoi faire ?

Le monstre aboie et postillonne. Berg se trouble, son cœur tonne. Il bafouille :

— Pour me défendre, c'est tout.

— Et moi, alors, je sers à quoi, hé ?

Lavoir, blessé au cœur, saisit le fluet au collet, par-dessus la table, le soulève à bout de bras, hurle :

— Tu mens, salaud, tu mens ! Tu veux trouer la muraille hein ? Tu veux t'évader, tu veux m'abandonner, hein ?

Il sanglote. Berg étranglé gémit et se débat, effaré, agitant la tête de droite et de gauche.

— Je te garderai, gronde l'ogre. Je t'arracherai les pieds.

Il ouvre les pognes. Berg s'affale sur sa chaise. Il dit, le souffle rauque :

— Tu n'es pas un vrai copain. Tu ne m'aimes pas. Tu es comme un roc.

Passe un instant d'orage silencieux. Puis Lavoir fait une grimace affectueuse et murmure, le visage froissé :

— Je t'arracherai les pieds, je te porterai partout, fils. Je te protégerai et tu parleras tout le temps. Tu commanderas et moi je marcherai. J'irai où tu voudras.

— Si tu m'arraches les pieds, répond Berg, je me tuerai.

Il sourit méchamment. Lavoir tout maladroit

tend vers lui ses mains, hésite un instant, les fourre dans ses poches, hoche la tête, l'air infiniment triste, et s'en va comme un somnambule.

Sourcefer n'est pas venu déjeuner et nul n'a pris garde à son absence. A la fin du repas maussade et silencieux, Boulanger, debout devant la longue table encombrée de reliefs graisseux et de pelures, parle avec solennité. Ses amis, le torse bombé, l'écoutent fièrement. Des rêveurs contemplent sans passion les sentinelles impassibles dans leurs cages. Des vieux somnolent, les yeux baissés, les bras croisés sur la poitrine.

— J'ai le droit de vous annoncer, dit-il, que la Direction a décidé d'aménager à notre intention l'ancienne chapelle du Bloc en salle de loisirs. Chacun pourra s'y reposer, bavarder ou lire les journaux autorisés pendant une heure après chaque repas. Nous avons donc obtenu, outre l'ouverture de cette salle, deux récréations quotidiennes. Ces faveurs nous ont été accordées au terme d'une longue et difficile négociation. Nous avons discuté sans faiblesse et sans haine, et nous avons prouvé ceci — écoutez bien.

Il se penche en avant, le cou tendu, il agite devant son visage son index osseux, un peu crochu, il poursuit, d'un ton de pédagogue :

— A force de sagesse, de patience et de dignité, il

est possible de bâtir ici une société raisonnable.

— Qu'avez-vous promis en échange ? lance Flap, glacial.

Boulanger le regarde durement, ricane, s'appuie des deux mains sur la table. Une mèche de cheveux luisants tombe au travers de son front. Il laisse errer son regard parmi les visages et dit, tout rusé :

— Que pourrions-nous promettre ? Les gens de l'Administration ont heureusement compris que, pour préserver la paix dans cette maison, ils devaient faire preuve de libéralisme, voilà tout. Je n'ai rien à cacher, tu sais, Flap.

Flap s'agite sur sa chaise, il hésite à répondre, il regarde ses voisins à la dérobée. Bifur dit avec nonchalance :

— Tu as bien travaillé Boulanger. Nous serons sages, puisque c'est le prix à payer. Combien de temps, au fait ? Combien de jours, combien de semaines de résignation vaut une salle de loisirs ?

Au bout de la table s'élèvent quelques rires lourds, désabusés. Boulanger lève la main et répond à voix sonore :

— Qui veut la guerre ici ? Toi, Bifur ? Toi, Flap ? La révolte est stérile, autant que le désespoir. Je ne vous demande pas d'être sages ni résignés.

Sa voix se fend. Nul ne l'écoute plus. Il est tout à coup perdu. Sa main tremble devant son visage.

— Je vous demande d'avoir envie d'être moins malheureux, dit-il.

Flap renifle, le front ridé. Des mots informes grincent dans sa gorge, il s'efforce de les polir avec une application renfrognée, avant de les pousser dehors. Il dit enfin, le regard perdu au-delà des visages, cognant à petits coups de poing son front :

– Quelque chose renâcle là-dedans. Je me sens humilié.

Il hoche la tête comme un âne rétif. Il poursuit, droit dans les yeux de Boulanger :

– Tu es un brave gars, vraiment. Tout le monde est d'accord là-dessus. Tu es un bon Père Noël. Mais par malheur nous ne sommes pas des enfants. Ta salle de loisirs, c'est du lait de vache à téter, c'est de la merveille à grignoter, c'est de la babiole, tu comprends ? Nous avons besoin de rêves qui réveillent, nom de Dieu, et tu nous fais cadeau d'un hochet ! Je ne veux pas te faire mal, Boulanger. Tu sais, je te considère comme un frère un peu con, mais comme un frère. On va l'inaugurer, on va la meubler de coups de gueule, on va la peindre de neuf, on va la maquiller comme une bonne pute, l'ancienne chapelle du Bloc. On fera grimper de la fausse plante verte le long des lézardes et de la guirlande de papier colorié sur les guérites des sentinelles. Oui, Boulanger, on va lui faire l'amour à ta boulangère, et fièrement encore ! Puis dans quelques mois nous avancerons d'une étape sur le chemin du bonheur. Nous réclamerons un grand frigo plein de limonade avec, dessus, un pot de géraniums et des timbales en carton, et puis des jeux, des jeux de cartes, de loto, de dominos, et des nappes vertes sur les tables.

Il se tait un moment puis, dans le silence épais, dit encore à voix rauque, triturant des boulettes de pain :

– Oh ! à la maison, quand j'étais gosse, nous avions un tapis vert caoutchouté orné d'une marque d'apéritif inscrite en lettres jaunes, parmi des arabesques. Mon père le déroulait sur la table de la salle à manger, le dimanche après-midi. Mon frère et moi, devant le tiroir ouvert du buffet, nous cherchions à quatre mains dans un fouillis de ficelle et d'objets déglingués les cartes et les jetons multicolores. Nous nous installions tous les trois, gravement, et nous attendions ma mère qui n'en finissait pas de ranger la vaisselle. Sacrée belote. Quel bonheur. Dis, Boulanger, tu sais ce qu'il faudrait écrire, sur la porte de ta salle de loisirs, en lettres artistiques ?

– L'extérieur n'existe pas ! hurle Bébé avec une emphase joviale.

Personne ne rit. On ricane à peine au bout de la table, près du siège vide de Sourcefer. Boulanger, les yeux baissés, grogne quelques mots incompréhensibles. Son front est écarlate. Flap, au-dessus des assiettes sales et des reliefs du repas, se penche et le bouscule un peu, avec une affection contrite.

– Je t'aime bien, dit-il. Je n'ai pas voulu te vexer. En vérité tu as bien travaillé. Tout le monde est content, tu sais.

Alors l'autre, rageusement, chasse une mouche invisible devant son visage et rugit, pris de fureur torrentielle :

– N'insiste pas. Toi, Bifur, Vertadier et le petit Berg, le raconteur d'histoires, l'enjôleur de brute épaisse, oui, vous quatre, je vous avertis : ne dégueulez plus jamais vos foutus discours en public. Sinon, putains de fouines, je vous fais dégringoler dans les oubliettes pourries de cette foutue centrale. Vous savez exactement ce que je veux dire, et pourquoi je le dis.

– Attention, bonhomme, grince Bifur tout pâle. Tes paroles puent l'administrateur. C'est grave. Tu pourrais en crever.

Flap pousse du coude son copain, ouvre la bouche, mais à l'instant où il va parler, à côté de Berg explose un fracas de chaise brisée. Lavoir, ronflant comme un moteur, traînant savate, ses mains redoutables ouvertes devant lui, fait le tour de la longue table. Ses petits yeux brillent méchamment sous son front rocheux et regardent Boulanger qui ne bronche pas. La panique, pourtant, fait trembler sa bouche, et son poing aux jointures bleuies, fermé sur un couteau. Quand Lavoir parvient à sa hauteur, il veut se lever et lui faire face. Alors le monstre abat sa pogne sur son épaule, le fait disparaître à moitié sous la table, se penche sur son visage et dit d'une voix caverneuse :

– Berg est mon petit frère. Tu ne le savais pas, hé ? C'est une bonne nouvelle, ça. Je vais te l'enfoncer dans le crâne. Je te jure que tu ne l'oublieras plus.

Il lève son poing de béton velu, massif, terrifiant. Boulanger gémit et gigote, tente sans espoir d'attirer ses voisins dans une chute désordonnée.

– Assez, dit Berg. Ne cogne pas, Lavoir. Viens t'asseoir et tiens-toi tranquille. Qu'on lui donne une chaise solide.

Il a parlé avec une assurance un peu trop vaniteuse. Il s'en rend compte et rougit.

– Chance pour toi que le petit soit magnanhomme, grogne le monstre.

Il lâche Boulanger qui s'effondre sur le carrelage, son siège sur les épaules. Nul ne dit mot. Des regards admiratifs, étonnés, haineux, rigolards se posent sur Julien Berg qui, tout à coup intimidé, ne sait que faire de ses mains et de son visage. Il se gratte longuement la joue. Il dit :

– Bon. L'incident est clos.

Lavoir d'une lourde bourrade affectueuse, le fait piquer du nez dans son assiette. Boulanger essuie son front moite d'un revers de manche. Il dit d'une voix grinçante et précise, regardant droit Bifur :

– Qui pue l'administrateur, hein ? Moi ou votre copain Lavoir ? Les gardes n'ont pas bougé. Ils m'auraient laissé massacrer en bavant de bonheur derrière leurs journaux.

– Il faut faire vite, dit Flap.

Le cou tendu, les mains aux poches, long et maigre, il arpente la cellule comme un fauve fouineur. Vertadier, allongé sur sa couchette, contemple le ciel crépusculaire rose et mauve derrière la lucarne. Bifur lit, couché sur le ventre. Berg, devant le lavabo, asperge à grande eau son visage, se mouche bruyamment dans ses doigts, s'ébroue, répond :

– Boulanger ne nous vendra pas ?

Flap hoche sa tête maigre.

– Il en a trop dit au réfectoire.

Bifur remue lourdement, gratte sa bedaine et glousse :

– Écoutez ça : « Oubliez vos convictions, oubliez vos morales angéliques, oubliez ce que vous croyez être la lumière de votre entendement, et considérez ce point unique : vous vivez dans un monde peuplé de monstres au cerveau insondable. » C'est une pensée de Judas le Dépouillé, qui fut gnostique, nègre et savant. Il avait lu et médité du premier au dernier volume toute la bibliothèque d'Alexandrie avant qu'elle ne soit dévorée par les barbares chrétiens.

— J'ai envie d'herbe, grogne brusquement Vertadier, l'air buté. D'herbe verte, d'arbres, de rosée. J'ai envie de cailloux, de collines, de vin, de femmes, de nuit, de chiens, de ruisseaux, d'oiseaux, de couleuvres, de forêt.

Assis sur sa couchette, il regarde ses compagnons comme un halluciné. Il dit encore, avec une douceur pitoyable :

— J'ai rêvé de l'enfant mort dans la grande cuisine, oui, l'enfant qui m'a conduit ici. Il m'a dit qu'en vérité le fils de ses voisins l'avait assassiné pour lui voler une petite cage à grillons. Vous voyez que tout finit par se savoir.

Il s'abat sur le dos, en gémissant comme un damné.

— Il est fou, dit Berg avec une angoisse puérile.

— Ne t'inquiète pas, répond Flap. Il traverse son feu. Cela lui arrive de temps en temps. Il revient de chaque voyage plus fort, plus clairvoyant, plus silencieux aussi.

Bifur, penché sur son compagnon haletant, essuie tendrement son front suant avec un lambeau de mouchoir. Il murmure comme une complainte douce :

— Mon gars, mon grand, mon gros, ça va, les tombes sont fermées, les hirondelles envolées, ça va, la nuit ne bouge plus, tu peux sortir, tu peux sortir.

Vertadier s'agite comme un fiévreux agacé,

repousse la main de Bifur, se pelotonne contre le mur et ferme les yeux.

— Bon, dit Flap. Dès qu'il se réveillera, nous descendrons à la cave. Pour l'instant nous avons à parler sec, juste et précis. La perquisition menace.

— Nous pouvons nous défendre, dit Berg. Nous avons un bouclier : Lavoir. Avant que Boulanger nous vende, je peux écraser Lavoir sur sa gueule. Qu'en penses-tu, Flap ?

— Il est trop tard.

Vertadier remue, geint, grince, appelle à voix rauque.

— Hé ! les gars.

Ses compagnons s'approchent. Il est couché sur le dos. Son visage maintenant est paisible. Il parle à voix basse, ses lèvres bougent à peine :

— Lavoir me plaît. Il est tendre comme une petite rêveuse de cinq ans.

— Il peut nous être utile, pas vrai ? dit Berg.

Vertadier soupire et répond :

— N'oublie pas d'être bon de temps en temps.

— Allons, dit Flap, ne nous laissons pas distraire. Nous devons avoir franchi la muraille avant que le bout du soulier du premier gardien n'ait traversé le seuil de cette cellule. Telle est la règle, la belle règle droite. Nous avions jusqu'ici le loisir de jouer les taupes patientes. Eh bien c'est fini, les gars. Tout à l'heure au réfectoire, les gardes en ont trop entendu. Je les ai observés, ils étaient comme des chiens à l'affût. Les gens de l'Administration vont tenter de savoir ce que signifient les rognes et les menaces de Boulanger. Ils vont écouter les murmures dans la cour, creuser les sous-entendus. Ils sauront très vite que quelque chose ici se trame. Je pense qu'ils hésiteront à décider une perquisition. Ils savent bien qu'un viol de cellule bouleverse toujours le peuple, remue les eaux dormantes, éveille les révoltes. Ils veulent que règne ici la paix des cimetières. On ne perquisitionne pas dans un cimetière. Donc ils renâcleront. Mais l'inquiétude les poussera. Croyez-moi, ils viendront. Nous n'avons devant nous pas plus d'une semaine.

Bifur explose, scandalisé.

– Tu es fou ? Il nous faut six mois pour arriver au rempart. Nous avons à peine franchi la moitié du chemin. Nous sommes perdus, alors ?

– Nous ne creuserons pas plus loin, dit Flap. Et dans cinq jours nous serons dehors.

Vertadier, les yeux fermés, pousse un petit ricanement nasillard.

– J'ai compris, dit-il. Berg, assieds-toi. Ton cœur bat trop vite.

Berg obéit. Il est un peu pâle. Flap prend place auprès de lui, le dos bien droit. Il regarde Vertadier en hochant la tête.

– Explique-leur, mon grand.

– Facile. Nous avons atteint le mur du bâtiment. Nous sommes donc à quatre-vingts centimètres du chemin de ronde, herbu, tout doux, large de quinze mètres. Nous le traverserons à découvert. Nous lancerons des cordes armées de grappins sur le rempart, nous grimperons dans la lune et nous redescendrons de l'autre côté du ciel. La voiture de surveillance passe toutes les dix minutes. Il faudra faire vite.

Bifur glapit, le front luisant, le regard égaré.

— Je refuse, je refuse de faire le singe au bout d'une corde. Ce rôle n'est pas pour moi. Je ne le sens pas. Je suis un comédien, pas un acrobate.

Il enfonce ses deux mains dans sa chevelure et tourne en rond, tout gémissant.

— Nous sommes au bord de l'oubliette, les enfants. Retenez-moi, j'ai le vertige. Bon Dieu, il y a des moments où j'aimerais vraiment que l'extérieur n'existe pas.

— Sourcefer n'a pas assez d'imagination pour comprendre qu'il dit la vérité, répond Vertadier, couché paisible comme à l'ombre d'un chêne. Oui, il dit la vérité. Dehors est dedans.

La voix de Bifur claque très sec.

— Ne l'écoutez pas, il délire. Il veut me mettre en colère, c'est tout. Mais il n'y arrivera pas. Flap, tu devrais le calmer. Sinon je sens que je vais lui casser la gueule.

— Tu ne comprends pas ? poursuit doucement Vertadier. Je t'explique : la parole de Sourcefer est une brume noire. La mienne éveille. Pourtant elles sont semblables. Je veux dire, moi, que le germe de l'univers est dans notre cerveau. Le germe, et peut-être le champ. Sourcefer tranche d'un coup d'idée le jarret des fuyards. Sur la même idée, je m'envole. C'est joyeux, non ? Et puis n'oublie pas, Bifur : il arrive parfois que le diable capture un brin de lumière. Il n'en est pas moins diable, elle n'en est pas moins lumière. Nous reparlerons de tout ça un jour, les pieds dans les tomates et les oignons roux, la tête dans le parfum d'un cerisier.

– Assez, les philosophes, dit Flap. Vous m'agacez. Travaillons et méfions-nous de nos rêves. Gardons-nous d'imaginer les pièges qui nous menacent, et les gestes de la plus belle nuit que nous vivrons jamais. Jamais n'arrive le prévu, ni le pire ni le meilleur. Le moment venu nous foncerons comme des cailloux d'avalanche. Je ne sais si nous nous briserons ou si nous franchirons la muraille. Vous non plus. Donc, n'y pensons pas. Bifur, nous avons besoin de savoir sur quel paysage est plantée la citadelle. Tu dois pouvoir trouver une carte.

– Hé, bredouille le joufflu, il n'y a pas d'archives au bureau des comptables.

– Prends des risques, répond Flap d'une voix de couteau. Fais-toi peur, viole-toi. Je suppose que nous sommes tous dans le même cas : nous avons été conduits ici en camion noir. Qui connaît l'autre face de la muraille ?

– En ce temps-là nous avions le temps, répond

Vertadier souriant, extasié. Nous ne savions pas que l'extérieur était si proche.

— Nous avions décidé d'atteindre le rempart avant d'étudier la géographie, braille Bifur, le menton agité de tremblements.

— Oublie cela, dit Flap. Avant cinq jours, il nous faut deux grappins et deux fois dix mètres de corde. J'espère que nos couvertures et les montants des couchettes suffiront à les fabriquer.

— Nous aurons besoin de fil de fer, dit Vertadier. Je sais où en trouver.

Bifur à nouveau s'agite, son regard dérive, il gémit, les mains devant son visage, il se délivre enfin de sa boule d'effroi.

— Je n'ai plus envie de partir, dit-il. Je n'ai plus envie, voilà.

Flap le regarde, scandalisé. Berg prend à deux mains sa tête et s'accoude sur ses genoux. Vertadier sourit comme un ensommeillé devant un rêve savoureux.

— Après tout, poursuit Bifur, nous pouvons vivre ici sans douleur majeure.

Personne ne nous empêche de penser, de réfléchir, de parler, d'explorer nos mystères. Dites, n'est-ce pas l'essentiel ? Vous savez, vous, ce qui nous attend dehors ? D'autres maîtres plus féroces, peut-être, dans des prisons plus barbelées que la nôtre. D'ailleurs, nous ne franchirons jamais la muraille, nous sommes trop petits.

Sa voix se brise. Il sanglote, essuie son nez d'un revers de manche rageur, tourne le dos à ses compagnons et lève la tête vers la lucarne. La lune immobile dans le ciel noir est auréolée de brume rousse.

— Tu es piégé, dit Vertadier, tendre et mélancolique. Le ciment est percé sous ma couchette. Si tu es encore ici quand les gardes découvriront nos travaux, tu n'échapperas pas à l'oubliette. Tu viendras avec nous, tu n'as pas le choix. Si tu l'avais, tu viendrais quand même. Tu es un pèlerin, Bifur. Tu es peureux mais tu ne voyageras toujours que sur la cime des murailles, entre deux précipices. Tu n'y peux rien. Oui, sur la cime des murailles : pas assez mort, pas assez vivant, pas assez moine, pas assez esclave pour savoir jamais vivre dans un cul-de-basse-fosse.

Bifur se retourne les poings aux poches, et rit, le visage tout barbouillé de larmes.

— Je suis un dieuble, dit-il.

6

— Or donc, il faut que je vous dise aujourd'hui comment mon frère le Bénédictin parvint à quitter l'île des cannibales et à rejoindre le pays le plus beau, le plus féroce et le plus étrange du monde : l'Amérique. Lavoir, mon gros cheval, et vous les hommes, écoutez.

Berg caresse le crâne presque ras de l'ogre, puis contemple en riant l'assemblée. Il règne maintenant sur une dizaine d'épais malfrats que le conte fascine. Ses yeux brillent, sa voix sonne clair, ses gestes sont un peu trop larges : il savoure sa nouvelle puissance avec jubilation.

— D'abord, imaginez mon très intelligent frère aîné vivant parmi ces monstres qui ont dévoré jusqu'à l'os ses malheureux compagnons. Pour survivre, il se fait chasseur, jardinier et rôtisseur de mangeaille. Nourrir ces sauvages, les rassasier, les gaver, cuisiner d'énormes platées de légumes, de volailles, de gibier, tel est son souci quotidien. Il ne se sent en relative sécurité que devant des bedaines rebondies et des joues gonflées de rots. Les ventres plats l'effraient, les grincements de dents l'alarment. Il lui faut à tout instant rôtir des viandes aussi succulentes que possible, afin de faire oublier la saveur de sa propre chair. Il y parvient mais il s'use à la tâche. Il s'épuise. Il sent venir le jour fatal où, rentré bredouille de la chasse, les monstres déçus se partageront son corps écartelé. Il leur fait pourtant découvrir le parfum et le goût des nourritures cuites, qu'ils ignoraient. Certains lui en savent gré, et le considèrent avec respect. Il en profite. Il travaille à les séduire. Il y parvient si bien qu'un jour il ose réclamer l'usage de l'unique embarcation jamais bâtie sur cette terre maudite. La requête est d'autant plus audacieuse que ce bateau est considéré comme sacré. Il est planté sur la Montagne Jalouse, au sommet de l'île. Entre ses flancs les morts sont couchés nus au cours des funérailles, avant d'être mangés. Je vous dis en deux mots la croyance de ces sinistres sauvages, elle est joyeuse : ils s'imaginent qu'à la fin de la cérémonie funèbre, l'âme du défunt quitte le corps et prend place dans ce navire où elle s'unit à celle des morts qui l'ont précédée. Toutes les âmes de l'île attendent là, et attendront jusqu'à ce que trépasse le dernier vivant de la tribu. Alors le navire s'élèvera et naviguera sur les océans du ciel, parmi les étoiles, à la poursuite de leur foutu paradis.

– C'est trop compliqué, dit Lavoir, tout grimaçant. Alors, le Bébédictin ?

Ses petits yeux disparaissent sous la broussaille des sourcils. Berg répond, avec une vigueur soudaine :

– Le Bénédictin ? Imagine-le, bonhomme, demandant au chef de la tribu son bateau sacré pour aller à la pêche, son bateau planté sur la Montagne, plein d'âmes cannibales ! C'est ce qu'il fait. Il explique à ce bipède velu que dans la mer vivent des êtres délicieux, des êtres dont la forme est semblable à celle de son sexe, gonflés de viande blanche. Il décrit les poissons à grands gestes obscènes. Il excite le cannibale, il le fait baver d'impatience gourmande, il parvient à le convaincre : demain la barque sera descendue de la Montagne et poussée sur les vagues. La sorcière de l'île accompagnera le pêcheur : sa présence apaisera le chargement d'âmes remuées. Ne manquent que les rames. En quelques heures, elles sont taillées. A l'aube, le Bénédictin les plonge furieusement dans la mer. Il est heureux mais n'a guère d'espoir.

La barque est solide, ventrue, trapue. Elle ne saurait pourtant le conduire au-delà de quelques jours de navigation. Il ne peut emporter qu'une outre d'eau de source et quelques brins de viande séchée. La sorcière, parvenu en haute mer, il l'assommera et la jettera par-dessus bord. Pour l'instant, le dos tourné à l'horizon, elle se tient immobile à la proue du bateau, presque émouvante tant elle est inquiète. Elle est jeune et pas du tout repoussante. Le Bénédictin évite de la regarder. Il sait qu'elle ne le quitte pas des yeux. Sans doute a-t-elle compris qu'ils partent sans retour.

Berg découvre soudain Sourcefer qui l'écoute, au premier rang de l'assemblée, un sourire ironique au coin des lèvres minces. Alors il se tait, il le regarde. Puis, méchant et calme :

— Qu'est-ce que tu viens faire ici ? dit-il.

— Oublie-le petit, grogne Lavoir, tout agité. Continue.

Berg croise lentement les bras sur sa poitrine et répond :

— Moi, je ne parle que devant des amis.

Lavoir se retourne, grimace comme un chien, les lèvres retroussées sur ses crocs, fait de la main un geste de balayeur et dit :

— Tu as entendu, Sourcefer ? Fous le camp.

L'autre veut parler, il n'en a pas le temps. Quatre poings impatients l'empoignent aux épaules et le précipitent hors du cercle qui se referme aussitôt.

— Alors petit, ronronne Lavoir, gentiment.

La voix de Sourcefer traverse les échines :

— N'écoutez pas ce salaud, les gars, il ment. Il vous trompe.

Aussitôt explose un bruit de bataille brève et violente derrière les corps. Le perturbateur s'éloigne vers le milieu de la cour, parmi des gens indifférents. Il boite bas et ses mains sont agrippées à son bas-ventre. Berg, l'air très satisfait, le regarde un instant dériver puis il soupire bruyamment et dit avec une lassitude comique :

– Où en étais-je ?

– La mer, murmure Lavoir. La sorcière et le Bébédictin sur la barque.

– L'île n'est plus qu'une rature grise à l'horizon. Mon frère, baigné d'écume et de sueur, rame vers le large comme un forcené. La femme s'agite et gémit et parle violemment, désignant sa terre presque disparue. Ses jérémiades exaspèrent le Bénédictin. Il s'arme de haine. « C'est le moment », se dit-il. Il se dresse en rugissant, il brandit son aviron ruisselant. Alors son regard rencontre celui de la jeune sorcière.

Berg suspend son geste et sa parole. Il pousse une exclamation illuminée.

– Imaginez cette merveille : maintenant elle sourit la bougresse, elle sourit avec un air de tendresse puérile ! Assise contre la proue du bateau, elle se penche en avant, saisit l'outre d'eau douce et la tend à mon frère qui, tout stupide, s'effondre sur le cul.

L'assemblée remue, les malfrats s'ébahissent, Berg poursuit, dominant la rumeur :

– Et voilà la sorcière qui rit comme une folle gentille. Sa métamorphose est bouleversante. Le Bénédictin, prudemment, interroge cette fille nouvelle (il connaît quelques bribes de langage sauvage). Elle lui répond qu'elle a vu les âmes se dresser devant elle pour la protéger. Elle a reconnu dans la foule des morts l'esprit de son grand-père. C'est à lui qu'elle a souri. Et ce grand-père lui a fait signe d'offrir à l'homme blanc de l'eau douce, ce qu'elle a fait. Le Bénédictin enrage. Il a le sentiment d'avoir été piégé par une petite femelle rusée. Il est d'autant plus vexé qu'il n'aura plus le courage, maintenant, de la tuer. Il l'examine durement. Elle est à nouveau inquiète. Il laisse aller son regard sur ses seins menus, sur son ventre frisé. Il se surprend à la trouver désirable. Alors il partage avec elle ses brins de viande sèche et il lui fait l'amour dans le grand bercement de la mer, convaincu que ce corps offert, malingre et puissamment odorant, est le dernier qu'il lui sera jamais donné de caresser. Ainsi passe le premier jour de navigation. A la nuit tombée, le Bénédictin, à bout de forces, se couche au fond du bateau. Alors la fille prend place sur le banc du rameur et tire sur les avirons, comme elle l'a vu faire à son compagnon. Elle ignore où elle va, l'innocente. Elle ne veut pas, elle ne veut plus le savoir. Elle pousse sa barque sacrée, en chantant une complainte lunaire. A l'aube, le Bénédictin est réveillé par un grincement de griffe douce sur sa joue. Il ouvre les yeux. Le visage de la sorcière, devant le soleil, est penché sur lui. Son regard est tendre, sa bouche joyeuse et ses dents cruelles. Elle lui dit qu'elle a jeté les avirons. Le Bénédictin s'en moque. Il est malade. Il est incapable de se tenir debout. Il se hisse à grand-peine sur une traverse, à hauteur des vagues. Alors il sent revenir la vie, lentement, il se souvient de cauchemars épouvantables et il croit la sorcière quand elle lui dit, toute rieuse, que le souffle des morts a bien failli empoisonner son sang.

Berg suspend son récit, avale goulûment une timbale d'eau, s'essuie la bouche d'un revers de main et poursuit, les yeux brillants :

— Mais ce sont là détails superflus. Vous vous demandez sans doute comment, perdu sur l'océan, il parvint à se tirer d'affaire ? Je vais vous le dire : à la fin du deuxième jour, une goélette aux voiles rouges apparaît à l'horizon. Mon frère, prodigieusement exalté, salue son approche à grands gestes désordonnés, à grands hurlements hystériques, à grands bonds d'enfant turbulent. Il se croit sauvé. Il l'est en vérité, mais il n'imagine pas qu'il doit encore traverser, avant de goûter au verre de rhum des naufragés, une étrange et terrible épreuve. Le soleil tombe et s'embrase, le ciel pâlit. La goélette l'a repéré, elle vient droit sur lui, il n'est préoccupé que d'elle. Alors il entend dans son dos un long gémissement animal. Il se retourne. La sorcière couchée au fond de la barque, les yeux révulsés, la bouche écumante, est agitée de convulsions telles que le Bénédictin ne sait si elle jouit ou si elle meurt. Ses mains frémissantes l'appellent. Il se rencogne contre la proue, pris de terreur. Alors la femme, les jambes ouvertes, se rapproche lentement de lui en rampant sur le dos. Elle s'écorche, elle se déchire les flancs au bois brut, elle saigne. Devant le Bénédictin elle se dresse péniblement sur les coudes. La voilà pareille à un insecte monstrueux. Mon frère, horrifié, la repousse à coups de pied. La grisaille du crépuscule maintenant l'environne. La femme renverse en arrière sa tête, ouvre toute grande la bouche contre le ciel. Alors, les gars, survient un horrible prodige. Cette bouche ne pousse pas un cri mais cent, mais mille en un seul souffle interminable. Cette bouche est tout à coup celle d'une foule invisible, d'une multitude non point suppliciée mais infiniment triste, perdue, traversée de sanglots, d'appels, d'espoir aussi. Puis la sorcière aux mille voix étend vers le Bénédictin ses jambes maigres, elle s'accroche à lui toujours hurlante, elle l'attire par saccades nerveuses, et le Bénédictin ne peut résister, il claque des dents, son corps paralysé est envahi par le froid de la mort, les bras ouverts, il s'abat sur le corps de la femme dans un tourbillon de hurlements maintenant joyeux, triomphants, effrénés. Il tombe infiniment dans un gouffre de brume nocturne.

Quand il se réveille, il est couché sur un lit aux montants de bois lisse, enveloppé dans une couverture moelleuse. Il se sent faible mais tout à fait reposé. Il écoute avec jubilation les grincements réguliers du navire, il regarde autour de lui. La cabine est étroite mais parfaitement civilisée. Il se dresse à demi pour contempler la mer, le ciel, par le hublot. Une gerbe de soleil éblouissant le submerge, il éternue trois fois et renifle. Il est sauvé. L'homme qui l'a recueilli est un Américain curieusement nommé Ézéchiel Blackfoot. Ce personnage gras et rouquin est un richissime antiquaire de Tucson qui occupe ses loisirs à naviguer sur cette goélette, dont il est le propriétaire. Quatre hommes d'équipage et deux serviteurs assurent son service. En quelques phrases rapides il explique tout cela au Bénédictin, une heure après son réveil, en dégustant un verre de punch au lait, puis il lui demande aimablement de raconter son aventure. Mon frère lui décrit son naufrage (sans pourtant parler du Clou du Monde), puis son séjour sur l'île des cannibales, enfin son évasion sur la barque sacrée, en compagnie de la jeune sorcière. Il s'inquiète de son sort. Qu'est-elle devenue ? Blackfoot surpris lui répond : « Vous étiez seul quand je vous ai recueilli. Seul au fond de cette misérable carcasse, épuisé, délirant, et fiévreux comme une braise. De plus, je dois vous dire que vous avez eu une chance étonnante. La barque qui vous portait devait être sacrément vermoulue, car à peine délivrée de votre poids, un coup de vent l'a brusquement réduite en poussière, puis l'a emportée comme une boule de fumée. Je n'ai jamais rien vu d'aussi étrange. »

Bifur et Vertadier, le soleil sur les épaules, se faufilent avec nonchalance parmi les malfrats captivés. Berg leur fait un clin d'œil, se lève à demi pour les accueillir. Lavoir le rassied d'une bourrade en gueulant scandalisé :

– Hé ! petit, tu n'as pas fini.

Bifur s'agite un peu, le regard brillant, fait une grimace mystérieuse et dit avec une innocence affectée :

– S'il te plaît, continue. Ne te dérange pas pour nous.

Vertadier, les mains croisées sur son ventre, comme un paysan à la foire, se cale au plus épais de la petite foule assemblée autour du conteur. Il a l'air absent. Berg, le cœur soudain galopant, devine qu'il cache quelque chose sous sa veste boutonnée jusqu'au col. Alors, l'index dressé au-dessus de sa tête, il dit avec une fièvre nouvelle :

– Écoutez, mes braves, écoutez bien. Comme l'a pressenti Lavoir, l'aventure du Bénédictin, pour son malheur, ne finit pas sur l'agréable bateau d'Ézéchiel Blackfoot. Mon frère est un instant bouleversé par les paroles du navigateur. Il oublie pourtant assez vite ce qu'il considère comme une inexplicable péripétie : il n'a jamais aimé s'embarrasser de mystères. Et puis pour l'heure, d'autres soucis le préoccupent. Il a été contraint d'allumer son premier feu, sur l'île des cannibales, avec la précieuse carte marine de Vicente Nui. Qu'importe : il l'a suffisamment étudiée depuis la nuit de sa découverte au fond du coffre de Gripari pour que ses moindres détails soient indélébiles dans sa mémoire. Il se sent parfaitement capable de retrouver le Clou du Monde. Mais il est ruiné. Il ne peut plus, ce solitaire farouche, tenter seul l'aventure. Malgré sa répugnance, il décide donc de se confier à Blackfoot, qui a pourtant l'air d'un mauvais homme, et de lui proposer, s'il veut l'accompagner, un partage équitable du trésor. Son sauveteur l'écoute avec passion mais refuse tout net, quoique courtoisement, l'honnête contrat du Bénédictin, affirmant que l'or, même ancien, ne l'intéresse en aucune manière. « Pourtant, lui dit-il, puisque vous avez eu la bonté de me confier votre secret, je vais vous avouer le mien : je cherche, moi, l'immortalité. Mais je dois dire que ma quête n'est pas plus avancée que la vôtre. » Alors mon frère, que l'espoir tout à coup ravive, lui raconte la très antique légende du Clou du Monde : « Les vieux pêcheurs, dit-il, assurent qu'à la cime de la montagne se dresse la Cité des Aigles. Au cœur de cette cité, dans un nid d'algues pétrifiées, un oiseau-roi d'une envergure prodigieuse couve un œuf perpétuel. Dans cet œuf est enclos une pierre verte. Cette pierre est le plus puissant talisman de la terre : il rend invisible et immortel celui qui parvient à la conquérir. Ainsi, monsieur, poursuit le Bénédictin, le Clou du Monde est notre commune terre promise. Allons-y ensemble : j'y découvrirai l'or de Vicente Nui, qui s'y trouve assurément, et vous le fruit vénérable des plus profonds rêves humains. » Ézéchiel Blackfoot, troublé par ces paroles enthousiastes, demande à réfléchir jusqu'au prochain matin. A l'aube, ils parviennent en vue des côtes américaines. Alors le navigateur invite mon frère à l'accompagner jusqu'à Tucson. « J'accepte, lui dit-il, votre proposition. Mais avant de partir à la conquête du Clou du Monde, je dois régler quelques affaires professionnelles et familiales. Vous en profiterez pour vous reposer, ce dont vous avez grand besoin. » Hélas, mon pauvre Lavoir, le Bénédictin ne devait jamais parvenir à Tucson. Il débarque à San Luis Obispo, au début d'un après-midi parfaitement ensoleillé. Blackfoot, aussitôt, loue un avion-taxi rutilant, orange et rouge comme un crépuscule excessif. Quatre heures plus tard il s'écrase dans le désert de Gila, entre Phoenix et Yuma. Le pilote est tué. Blackfoot, blessé, reste auprès de l'épave. Le Bénédictin, miraculeusement intact, s'en va seul dans la poussière rousse. Il marche, mon frère maigre, la gueule pleine de vent dans le somptueux chaos du désert. Il marche droit devant lui. Ses yeux s'enfoncent dans son crâne comme deux petites bêtes noires, luisantes, effrayées, son front et ses joues s'assèchent, se creusent de rides profondes, ses mains abandonnées cognent contre ses cuisses. Il marche. Ses pieds saignent, son échine se courbe, ses lèvres se fendent, dans ses tempes cognent des tambours funèbres, dans son ventre s'éveillent d'effroyables vermines. Il marche. Au loin il voit une ville d'or, des femmes rieuses sur des terrasses, dans l'air tremblant, un grand fleuve d'une merveilleuse transparence, des essaims d'enfants aux vêtements multicolores, et peut-être se voit-il parmi eux, peut-être rencontre-t-il son double menu, insouciant. Alors il s'arrête et, comme une lourde branche morte, il s'abat, les mains en avant. Je vous raconte tout cela, mes braves gens, comme je l'imagine, car en vérité je ne sais rien de la mort du Bénédictin : on n'a jamais retrouvé ni son corps ni sa trace. Mais c'est peut-être ainsi qu'il a subi, dans le désert de Gila, son dernier malheur. J'habitais en ce temps-là, avec mon père et mon deuxième frère, une petite maison triste et campagnarde. Sur la cheminée de la cuisine, le jour où le Bénédictin a disparu, j'ai vu se troubler notre flacon d'eau pure — signe catastrophique. Je vous dois à ce sujet quelques explications. Je vous les donnerai demain. Je me sens pour l'heure triste et fatigué. Il n'est pas bon d'agiter ainsi de mauvais souvenirs.

Le gros Lavoir se penche, l'air contrit, et tapote affectueusement la joue de Berg en bafouillant quelques petites paroles de réconfort. La sonnerie retentit, dans les miradors. Les hommes semblent s'éveiller d'un long rêve. Ils s'ébrouent et lentement se dispersent. Derrière Bifur, Vertadier ne bronche pas. Berg les rejoint. Lavoir le suit. Ils s'éloignent tous les quatre vers la porte de fer, à la queue leu leu, empêtrant leurs pas. Lavoir, dernier de la file, par-dessus l'épaule de Berg, désigne Vertadier :

– Il est bizarre, ton copain.

Bifur, en tête, répond très vite :

– Il a mal au ventre.

– Dieu des vaches, dit le gros (une bonté ravageuse l'anime tout à coup), pousse-toi, petit frère, je vais le porter à l'infirmerie.

– Non, hurle Vertadier. Ne me touche pas !

Il détale, les mains agrippées à ses flancs qui grincent étrangement et disparaît dans le long couloir voûté aux murs de faïence blanche.

– Vraiment, il est bizarre, ton copain, répète Lavoir en hochant la tête avec conviction, l'air extrêmement malheureux.

Berg cherche dans ses poches la clé de la bibliothèque et ne la trouve pas. Il cogne du poing à la porte en grognant, agacé. Elle s'ouvre doucement. Le visage affûté de Vertadier apparaît dans l'entrebâillement.

— Entre vite, dit-il.

Sur la table, au milieu de la pièce, est posé un vaste rouleau de fil de fer rouillé.

— Je te le confie, petit. A ce soir. Au fait, voilà ta clé. Je te l'ai volée. Excuse-moi, je n'ai pas eu le temps de t'expliquer. Je ne pouvais pas traîner dans les couloirs avec ça, tu comprends ?

Il s'éloigne à grands pas, ouvre la porte, hésite un instant avant de la fermer sur lui.

— Dis, elle est vraiment vraie l'histoire du Bénédictin ?

Berg hausse les épaules et baisse la tête avec une pudeur soudaine.

— Quelque part, oui, dit-il.

Il regarde son copain. Ils éclatent de rire ensemble. Demeuré seul, Berg, à grands gestes fébriles, dégage deux rangées de livres, dépose le rouleau poussiéreux contre le dos de l'étagère, remet tout en place, s'assied devant sa table, ouvre son registre, écoute enfin son cœur, qui bat très fort. Il attend Sourcefer, le lecteur sec. Il l'attend avec une hargne magnifique, une haine joyeuse. « Il va venir, se dit-il, il parlera des rats qui rongent la muraille, il maudira les rats, les babines retroussées sur ses crocs, sans savoir que je suis un rat et qu'à deux pas de lui le fil de fer des rats salit ses livres rares. Le voici, l'obtus, qui se racle la gorge derrière la porte. Le voici, le fusilleur de rêves. » Berg sourit.

— Bonjour monsieur Sourcefer, dit-il. Comment allez-vous ce matin ?

L'autre le regarde, il lui rend son sourire, sournoisement, puis s'assied avec un empressement inattendu, pose ses coudes sur la table, pointe l'index sur la poitrine de Berg et répond, tout claironnant :

— Sais-tu que tu es très intelligent, jeune homme ? Veux-tu que je te dise ? Tu es un chef.

Il abat sur la table le tranchant de sa main, prend un temps assez solennel et poursuit :

— J'aime les chefs, moi. Et, veux-tu que je te dise ? Ici, jeune homme, nous manquons de chefs. De vrais chefs, impitoyables, donc respectés.

La bouche pleine de chefs il postillonne abondamment puis abandonne un peu de sa raideur et dit encore, l'air matois, les mains posées en éventail :

— Tu m'as traité durement tout à l'heure. Bravo. Tes esclaves sont parfaitement dressés. C'est d'ailleurs ce que je voulais savoir. Car il ne faudrait pas, jeune homme, me prendre pour un barbare commun. Je t'ai insulté, soit. Pourquoi ? Parce que je voulais exactement mesurer ta puissance. Je l'ai fait, et devant elle, je m'incline. Les messes que tu célèbres tous les jours pour tes chiens sont parfaites. Tu les berces, tu les éteins, tu les pétris, tu les domestiques. Beau travail, chef, beau travail.

La bouche tordue par une grimace admirative, il

hoche la tête et, pompeux comme un empereur romain, pose sa pogne calleuse sur l'épaule de Berg :

— Je te propose, jeune homme, de régner avec moi sur notre prison. Nous détruirons Boulanger : ses entreprises amollissent les esprits et sapent l'ordre. Nous réduirons Bébé au silence : son désespoir n'est pas franc. Il pue la révolte. Tu soumettras Flap : son intelligence sournoise m'inquiète. Ces trois hommes vaincus, personne ne contestera notre autorité. Je ne tenterai jamais de t'abattre. Je suis droit, jeune homme, comme un rempart. Sec, dur, mais droit. Tu apprendras à me connaître. Serre cette main tendue.

Son regard est illuminé. Berg n'a plus envie de se laisser aller au fou rire qui l'a d'abord assailli. Maintenant, une vague peur nauséeuse l'étouffe. Il respire un grand coup pour s'en libérer, ferme le registre ouvert devant lui, se lève, gratte son front soucieux et dit avec un sourire très bête :

— Comment avez-vous trouvé le livre de Khaldun, monsieur Sourcefer ?

L'autre répond brutalement :

— *La Muqqadima ?* Remarquable ouvrage.

Ses yeux gris, d'une imperturbable fixité, contemplent le fluet mal à l'aise.

— Tu n'as pas répondu à ma proposition. Peut-être veux-tu réfléchir ?

— Écoutez, dit Berg. Je ne suis pas un chef. Je

suis un pauvre bougre. Je n'ai aucune ambition. Je ne veux de mal à personne. Comprenez-vous cela ? Ici, j'ai fait mon trou – je veux dire : j'ai creusé pour mon corps, pour ma tête, une niche étroite mais assez confortable. Je n'en veux pas sortir. Je veux vivre à l'abri des coups, des tempêtes saignantes, des pouvoirs, voilà. Bien sûr, je parle. Je raconte des histoires. Bien sûr j'aime régner sur des gens attentifs. Mais ce n'est là que vanité subalterne – la part du diable.

Sourcefer l'interrompt d'un geste large. Il sourit, épanoui.

– Allons, dit-il, tu as dressé Lavoir comme un chien.

Berg ne répond pas. La gorge nouée par une fureur douloureuse il va et vient, à pas d'ours, triturant ses mains. « Je devrais cracher dans les yeux de cet abominable salaud, se dit-il. Je lui parle comme un enfant peureux, morveux, honteux, malheureux. Je devrais l'étrangler, le saigner, lui arracher les joues. Non : je devrais lui dire la vérité, calmement, froidement : je m'en vais, fumier, je m'évade, je te quitte, je te hais, cadavre. Je devrais exploser. Il faut que j'explose. Il faut que je parle. » Il se plante devant Sourcefer et dit avec une dignité rauque :

– Nous n'avons pas les mêmes opinions, voilà tout.

7

— Maintenant, dit Flap, il faut attendre.

Ils sortent du réfectoire dans un morne tapage de sabots traînards. Une épaisse mélancolie pèse sur le visage rond de Bifur. Il cherche un regard dans le paysage de gueules fermées qui l'environne. Il pose la main sur l'épaule de Vertadier, en poussant un long soupir tremblant.

— Ils me font de la peine, dit-il. Regarde-les : ils ricanent comme s'ils raclaient des fonds de tiroir moisis. Ils n'ont même plus la force de parler. Boulanger, Sourcefer, Bébé, Lavoir, et Flap aussi, et Berg, et tous les autres, ils bouffaient, le front bas, comme des porcs, le groin dans l'auge. Quel froid il fait ici quand la haine s'éteint. Pauvres types. Et je crois bien que je les aime — un peu. Tu te rends compte ?

— Tu t'énerves parce que ta tête est déjà dehors, murmure Vertadier (il ricane). Salut, à ce soir.

Ils plongent dans le vertigineux vacarme des ateliers. Après six heures de gestes épuisants Bifur émerge le premier, hébété, titubant, le crâne empli de brume bourdonnante. Dans le couloir, il aperçoit des traces de sang frais sur le mur carrelé de blanc. Du bout de l'index il prélève une goutte gluante. Il la flaire à petits coups de nez, les sourcils froncés et dit gravement, sans se retourner vers ses compagnons qui le talonnent :

— Flap, va voir qui manque.

Flap est déjà parti, avec Berg, bousculant la foule lente des abrutis qui s'écoule par le portail vitré.

— Un carreau cassé, dit Berg en passant.

Ils croisent Boulanger. Flap l'accroche par la manche.

— Tu n'as pas vu Bébé ?

— Et Sourcefer ? dit Berg.

Boulanger les regarde. Il semble lentement revenir d'un long voyage noir. Il murmure avec une inquiétude enfantine :

— Qu'est-ce qui se passe, les gars ?

Il les suit, le pas indécis, parmi les machines, le long des travées désertes.

— Ne me dites pas qu'ils sont partis, hé ? Ils se sont massacrés, c'est ça ? Hé ! c'est ça ?

Dans le dos des deux hommes il brandit un doigt vengeur, trébuchant aux ferrailles éparses.

— Ils en sont bien capables, ces foutus chiens.

Puis seul, désorienté au milieu de la vaste salle grise et noire, il braille :

— Attendez-moi, bon Dieu!

Au seuil du couloir, un cliquetis de seau résonne sous la voûte, et un ruissellement de serpillière tordue.

— Crocu est déjà là, dit Flap.

Sous la lampe blanche un vieillard souffreteux, osseux, tordu, lave le mur, le poing fermé sur un chiffon dégoulinant. Le gros Bifur murmure, catastrophé :

— Sourcefer et Bébé sont à l'infirmerie.

— Mal en point, grince Crocu en grimaçant un sourire ignoble.

— Ils se sont battus à coups d'éclats de vitre, dit Vertadier. Crocu les a vus.

Flap tape sèchement sur l'épaule du vieillard qui chancelle et gueule :

— Ne me bouscule pas, fils de rat!

— Raconte.

Crocu, un long ricanement dans le nez, se redresse autant qu'il le peut, une main sur la hanche, l'autre, grise, extrêmement noueuse, agrippée au mur, et regarde les hommes. Une longue mèche de cheveux blancs jaunis tombe sur sa joue creuse, il pue la mort, il est repoussant, édenté, baveux, et très satisfait.

— Oui, dit-il, l'œil malin, j'ai vu Sourcefer taillader la figure de Bébé et Bébé taillader les côtes de Sourcefer. Puis ils ont roulé par terre, tous les deux. La porte de l'atelier était ouverte. Le vacarme des machines et des musiques était si costaud que je n'entendais pas le bruit de la bataille. Une sacrée bataille, les gars. Ils étaient pleins de sang, c'était beau. Ils hurlaient, ils s'égosillaient, les veines du cou tendues comme du gros caoutchouc, mais aucun son ne sortait de leur gueule ronde.

Le vieillard, les yeux exorbités, aveugles, les mains crispées devant son visage, mime les combattants aux hurlements muets, puis, tout secoué de couinements asthmatiques, se laisse aller à rire tant qu'il en pleure et s'étrangle. Bifur l'aide à reprendre souffle, tapotant son dos à petits coups secs, l'air dégoûté. Crocu se calme et poursuit en s'essuyant les yeux, la bouche tordue :

– J'ai attendu un moment. Hé ! j'avais envie de voir le combat jusqu'au bout. A mon avis, Bébé aurait perdu. Il saignait plus que l'autre. Il n'a pas assez de viande, là.

Il triture le biceps de Vertadier et pousse encore un petit coup de rire.

– Mais ces salauds, aveuglés par leur jus, ont roulé sur moi. Ils ont failli me renverser. Alors je suis allé chercher les gardes.

– Foutue charogne, pleurniche Boulanger, il fallait me prévenir, j'aurais évité le carnage, moi.

Il trépigne, le négociateur. Il enrage. Ce désordre sanglant le scandalise. Agoni d'insultes et de crachats il ne serait pas plus furibond.

– Te prévenir ? répond l'autre avec un mépris considérable. Tu te prends pour qui, mouflet ?

Boulanger, la tête haute, dit aux autres, sèchement :

– Il faut que je parle au directeur du Bloc.

Il s'en va à grandes enjambées. Crocu ricanant le regarde s'éloigner.

– Nous pourrions peut-être aller voir Bébé, dit Berg. Il ne faudrait pas qu'il meure tout seul.

– Interdit les gars, rigoureusement interdit. Les bandits sont au secret.

Le vieux fait la moue, touche le bout de son nez violacé, renifle :

– A mon avis, ils ne mourront pas. Croyez-en ma vieille expérience.

– Tu peux au moins lui faire passer un message, non ? gronde Bifur, exaspéré, le double menton frémissant.

Crocu se recroqueville contre le mur, martèle du poing sa poitrine, et répond avec une agressivité criarde :

– Je suis balayeur, moi, pas vaguemestre.

Vertadier l'empoigne au col, le soulève et dit tranquillement :

– Tu obéis, carcasse, ou j'arrache les dents qui te restent.

Il le pose avec précaution. Le vieillard rote et tousse. Des gargouillis infects remuent dans son tréfonds, il reprend haleine.

— C'est bon, les gars, c'est bon. Je lui dis quoi, à votre Bébé ?

Les quatre hommes se regardent, ils hésitent, comme pris de court, Flap réfléchit, l'œil fixe, Bifur gratte son ventre, Berg regarde ses pieds.

— Eh bien ! dit enfin Vertadier, l'air gêné, dis-lui qu'on l'embrasse.

Ils s'en vont, tête basse, le long du couloir. Crocu, derrière eux, d'un coup de pied fracassant renverse son seau sur les dalles et braille :

— Foutues gonzesses !

Flap, dès le seuil de la cellule, regarde la lucarne. Elle est noire. Il grimpe sur sa couchette pour mieux voir, fasciné par ces ténèbres qu'il sait humides, délicieusement froides et vastes. Le ciel est couvert ce soir. Sur le chemin de ronde deux phares environnés de brouillard traversent la nuit, éclairant un pan de rempart, un bref instant. La voiture passe dans un parfait silence, l'ombre revient. Flap ferme les yeux, troublé par le reflet, dans le carreau, de l'ampoule électrique qui pend au plafond de la pièce. Vertadier, assis par terre, les jambes croisées, déchire sa couverture grise en longues lanières qu'il aligne près de lui, roulées en pelotes. Son application est presque comique. Il ressemble à un enfant ordonnant, à ses pieds, des mondes. Bifur de temps à autre lui jette un coup d'œil pointu. Affalé sur sa couchette il est occupé au même travail, qu'il accomplit, lui, à grands gestes désordonnés, déchirant violemment l'étoffe épaisse et crissante, prenant un plaisir rageur à se faire grincer les dents. Il entasse les lanières en amas informes que Berg, tout rêveur, démêle et tresse.

Ainsi passe la longue soirée, sans que soit dite une parole. Bifur le premier s'endort dès que la lampe au plafond s'éteint, et Flap, immobile, contemple longtemps la muraille, cherchant des femmes dans les ombres et les fêlures, écoutant les mille bruits des endormis, imaginant des vies.

Le rituel matinal est désormais solidement réglé. Lavoir, dès le seuil de la porte, affectueux, jubilant, impérieux, prend par l'épaule Julien Berg et le conduit, traversant la cour en diagonale, vers le banc à palabres. Aussitôt les escortent des hommes au sourire bête, vieilles brutes barbouillées d'enfance, jouisseurs gauches, mahousses timides. Au milieu d'eux, Berg s'assied à califourchon avec une majesté un peu bouffonne. Lavoir s'installe en face et, le regard buté, lui impose la parole.

— Je vous ai conté hier l'étrange fin du Bénédictin. Vous ai-je dit comment nous l'avons aussitôt connue ? Oh ! il faut que je vous parle aujourd'hui de la vieille maison, et de mon père l'Ange. Je crois qu'on l'appelait ainsi parce qu'il avait un visage d'une grande beauté : à vingt ans, sa chevelure épaisse et frisée était déjà d'une blancheur nuageuse. En ce temps-là, les femmes aimaient à l'extrême sa vigueur paisible, son air de bonté distraite et son regard qui changeait de couleur avec les saisons : parfois vert, parfois roux. Dans sa longue vieillesse, je l'ai vu, ce regard, envahi de nuées grises, les soirs de rêverie.

L'Ange avait autrefois connu une jeune sorcière qui s'était, pour l'amour de lui, étrangement tuée. Elle s'appelait Luce Loir. Elle était brune autant qu'il était blanc. Quand elle apprit son prochain mariage avec celle qui me mit au monde, mon père m'a dit que Luce Loir demeura immobile et droite sur le pas de sa porte, une journée entière. Puis au crépuscule elle s'en fut sur la rivière dans sa barque emplie de bois mort. Parvenue au milieu du courant elle mit le feu aux branches entassées sous son corps et se laissa brûler au fil de l'eau, superbement, devant les villageois assemblés sur la rive. La veille, elle avait prédit à mon père qu'il aurait trois fils. Puis elle lui avait offert une fiole pleine d'une liqueur transparente en lui disant ceci : « Conserve-la précieusement. L'humeur de cette eau est accordée au destin de ta future famille. Elle se troublera chaque fois que l'un de tes enfants traversera le malheur. » J'ai toujours vu la fiole de Luce Loir sur la cheminée de notre maison. Ses débris poussiéreux y étaient encore, le jour où je fus arrêté pour être conduit ici. Oui, il faut que je vous dise, mes braves, que ce jour-là, après longtemps de tribulations, je suis revenu au village de mon père l'Ange. Ma vie était perdue, ma famille décimée. Pressentant mon malheur présent, j'ai voulu revoir ma maison depuis longtemps abandonnée. Et, le cœur bouleversé, je l'ai revue, plantée au milieu du pré, toute grise, coiffée de tuiles moussues. Le chemin qui conduisait au seuil était envahi par l'herbe folle. A l'étage un volet décroché battait doucement contre le mur. La porte grinçait, grande ouverte. Je suis entré. J'ai pataugé dans une flaque d'eau, au milieu de la vaste cuisine. Dans un grand froissement d'ailes un corbeau s'est envolé du faîte de l'armoire, il a traversé la pièce et s'est éloigné vers le ciel. Dans l'évier de pierre, sur un cul de marmite rouillée tintaient des gouttes régulières comme des battements d'horloge. L'escalier qui grimpait aux chambres était couvert de moisissures. J'ai éprouvé chaque marche, de tout mon poids. Là-haut, sur le palier, j'ai écouté. Elle vivait encore, cette sacrée baraque. Mille bruits la remuaient, l'animaient. Des rats galopaient sur le plafond. J'ai gravi l'échelle du grenier. J'ai soulevé la trappe. Alors, les gars, dans le bric-à-brac de vieux meubles cassés et de chiffons sans couleur, j'ai vu le squelette de mon père assis tout raide dans un fauteuil défoncé, vêtu de son costume noir des dimanches, de sa chemise à plastron et de sa cravate mal nouée. Oui, j'ai vu cela, et sa chevelure jaunie, mitée, tombée sur ses épaules, semblable à la laine des moutons, et ses orbites sans regard qui semblaient errer sur le sommeil des choses. L'Ange avait voulu mourir le plus près possible du ciel. Il détestait la terre.

– Moi, je suis pareil, dit un badaud, dans l'assemblée, hochant vigoureusement la tête.

Il est sec et chauve comme un galet, son regard bigleux est tout exalté. Berg le regarde et sourit, mélancolique. L'homme poursuit, sentencieux, seul remuant parmi les visages renfrognés :

– Je pense comme l'Ange, les gars. Entre le ciel et nous, il faut effacer la terre.

– Ta gueule, gronde Lavoir. Tu casses le fil. Raconte petit, oublie cet ahuri, oublie-les tous, ils ne comprennent rien. Raconte-moi.

– Je crois, dit Berg, poussant un long soupir, que je me suis laissé dériver. Je dois maintenant te dire, car ainsi va mon histoire, l'aventure de mon deuxième frère, nommé Lune-Brûlée. On l'appelait ainsi, je suppose, parce que son visage était très blanc, sa tête ronde, sa crinière hirsute et rousse comme un brasier.

Mon père l'Ange lui ordonna de partir à la

recherche du Bénédictin dès qu'il vit se troubler la liqueur de Luce Loir sur la cheminée de notre cuisine. Avant d'obéir, Lune-Brûlée prit le temps d'une longue réflexion, puis un jour, sans un mot, il fit son bagage. Il était ainsi : rêveur, lent, solitaire, froid et fort peu sociable. Aucun sentiment violent, ni joie, ni haine, ni colère, ne fit jamais trembler sa figure. Son regard vert était d'une imperturbable placidité. Nous aimait-il ? Je ne sais pas. Il ne l'a jamais dit ni montré, sauf peut-être à l'instant où il s'en est allé. La pression de ses mains sur mes épaules, quand il m'a embrassé, m'a noué la gorge. Et puis il a serré la main de notre père en bafouillant un mot inintelligible mais sans aucun doute affectueux. Oui, je crois qu'il nous aimait.

Un jour de paix au cours de ses vagabondages, le Bénédictin nous avait écrit, de Phoenix, une lettre. Nous avions cent fois relu ces quatre feuillets emplis d'une écriture extrêmement fine et précise. Nous savions tout de son aventure romaine, de son départ pour l'Amérique, de son entrevue avec William Vilar et de son espoir d'arracher au Clou du Monde le trésor de Vicente Nui. Lune-Brûlée partit donc pour Phoenix, espérant trouver là-bas trace de notre frère aîné. Comme il n'avait pas le premier sou du voyage, il se fit engager sur un cargo en partance pour Veracruz, où il parvint, sans encombre, après avoir exercé un mois durant le métier d'aide-cuisinier. Le soir même de son débarquement dans cette ville éblouissante et brune où des enfants crépusculaires vendent des fleurs aux matelots ivres, Lune-Brûlée fut abordé par un jeune homme d'une extrême saleté qui prétendit d'emblée, le regard illuminé, tout savoir de sa vie prochaine. Cet inquiétant individu, se faufilant dans la foule nonchalante avec une agilité sournoise, entraîna mon frère sous les arcades blanches de la place centrale. Là, dans le charivari des orchestres mariachis, il se fit d'abord offrir un verre de tequila, qu'il savoura longuement, lorgnant les pauvres vendeuses de chewing-gum, petites filles au regard adulte, à la voix rauque, puis il posa sa main crasseuse sur la poitrine de Lune-Brûlée et lui dit : « Malgré l'apparence, monsieur, je suis un homme riche. Je vais vous aider à retrouver votre frère, et je sais qu'il me donnera beaucoup d'argent. » Lune-Brûlée, qui n'avait encore rien dit, entendit ces paroles avec une telle émotion qu'il avala d'un coup le verre d'alcool encore plein devant lui. « Nous partirons quand vous voudrez, poursuivit le devin. Nous irons à pied. Ne vous inquiétez pas pour la pitance quotidienne. Nous mendierons, nous ferons des miracles. J'ai l'habitude. » Ils s'en allèrent donc par les chemins ocres du Mexique. Le jeune devin, nommé Gradivo, sut assez vite, malgré sa crasse et sa puanteur, conquérir l'estime de Lune-Brûlée. Il était, ce Gradivo, d'un naturel joyeux, insouciant et prodigieusement bavard. De plus, il pratiquait l'art de la mendicité avec une incontestable maîtrise, ce qui permit à mon frère de survivre sans trop d'encombre sur ces routes inconnues.

De temps à autre, traversant un hameau, Gradivo s'arrêtait devant un paysan éberlué et lui tenait brutalement un discours grimaçant, gesticulant et prophétique qui semblait résonner profond dans l'esprit de l'interpellé. Lune-Brûlée, enivré sans doute par l'extravagant soleil de ce pays, osa un jour demander à son compagnon, tandis qu'ils cheminaient le long d'une rivière, par quelle magie, par quelle invisible fenêtre il voyait ainsi l'avenir des gens. Gradivo lui répondit avec simplicité que parfois il laissait aller librement ses paroles et qu'il était lui-même surpris de révéler des vérités futures. « En cet instant, dit-il, je sais que si nous suivons ce fleuve jusqu'à demain midi, nous arriverons dans un village où l'un de nous deux rencontrera la mort. » Cela le fit longuement rire. Le lendemain à l'heure dite ils entraient dans un vieux bourg poussiéreux nommé Pescado-Verde.

Flap fend le cercle des badauds. Il a l'air bouleversé. Il fait un signe à Berg, qui se lève. Il lui dit très vite à l'oreille :

– Boulanger a vu le directeur du Bloc. Bébé risque l'oubliette. C'est lui qui a attaqué Sourcefer. Il faut faire quelque chose. Mobilise Lavoir.

Il s'en va. Lavoir, désorienté, regarde les gens

autour de lui, les sourcils froncés, saisit Berg par la ceinture, le rassoit brutalement et gueule, tout rouge :

— Que personne n'entre ici ! Qu'on nous laisse tranquilles, qu'on nous oublie, sacré tas de mille vaches ! Parle, petit.

— Mon copain Bébé est en danger. Il faut que tu l'aides, dit Berg.

Il hésite un moment, il ajoute à mi-voix :

— Pour l'amour de moi.

L'ogre, bouche ouverte, respire bruyamment, pose sa large main sur la tête du fluet, l'ébouriffe et murmure avec une étrange tendresse :

— Dis-moi, petit, dis-moi ce qui te fait mal.

— On veut le jeter à l'oubliette.

Lavoir hoche la tête, se gratte la joue. Une joie émouvante brille dans ses petits yeux. Il répond :

— Tout à l'heure j'irai à l'infirmerie. Je garderai ton copain. Je te le tiendrai au chaud. Tu peux avoir confiance, personne ne le cognera. D'ailleurs, ajoute-t-il en riant doucement, je suis cul et chemise avec tous les gardes du Bloc.

— Merci, bredouille Berg, le regard fuyant. Merci, grand frère.

Il reçoit une bourrade à chavirer un bœuf. Des larmes brillent dans les yeux de l'ogre épanoui.

— Maintenant, dit-il, raconte. Lune-Roulée et son copain Gardifo arrivent au village de la mort. Alors ?

— Pescado-Verde. Imaginez une longue rue bordée de maisons basses, carrées, poussiéreuses. Des enseignes rouillées grincent de-ci,de-là sur des portes ouvertes. Un bruit d'enclume résonne au loin. Des vieillards passent, voûtés comme s'ils portaient sur leurs épaules le soleil écrasant. Un homme est accroupi à l'ombre d'un mur, remuant un tas d'ordures du bout d'un bâton tremblant. Gradivo s'approche de lui, se penche vers son visage maigre, infiniment ridé, et murmure quelque chose contre sa joue, quelque chose que personne n'entend. Alors l'homme se lève, lentement, s'avance en gémissant, et suit les deux compagnons, au milieu de la rue, qui s'en vont d'un pas vif. « Où allons-nous ? » demande Lune-Brûlée. « A l'église, répond Gradivo. Je viens d'accomplir un miracle. » Il dit cela tout réjoui, comme s'il venait de faire une bonne farce. Ils croisent quelques femmes, quelques enfants qui s'arrêtent le long des murs pour les regarder passer, l'air stupéfait. Le claudicant, qui trottine derrière eux, apparemment bouleverse ces gens. On l'environne, on l'interroge fiévreusement, on lui fait escorte. « Il marche, il marche », répète Gradivo, content comme un enfant. Il trouve cela très drôle. Ils arrivent sur la petite place du village, devant l'église blanche. Là, le miraculé s'effondre au pied d'une croix de fer forgé et parle, parle comme un dératé, désignant Gradivo. Chacun comprend enfin. Le compagnon de Lune-Brûlée, ce jeune crasseux, ce joyeux tas de vermine qui pisse, maintenant, l'air serein, contre un arbre, vient de rendre ses jambes à un paralytique. Le voici aussitôt promu saint guérisseur à Pescado-Verde, triste village ensoleillé.

Il convient avec Lune-Brûlée de profiter quelques jours de l'aubaine. Le curé leur offre l'hospitalité, le peuple les gorge de volailles et les accable de prières. Ainsi commence leur séjour : tous les matins, Gradivo devant la croix prophétise, caresse les enfants fiévreux, apaise les tourmentés, ordonne aux aveugles de voir. Il est dénué de toute espèce de foi mais guérit quelques souffrants et s'émerveille, tout truculent, d'être doué de ce talent dont il ne se sent pas maître. Lune-Brûlée pourtant s'inquiète : il n'oublie pas le malheur prédit le long de la rivière. Gradivo le tranquillise avec désinvolture. « J'ai dû me tromper », dit-il. Mon frère insiste. Il pense au Bénédictin, au long chemin, à Phoenix, ville lointaine. Heureusement, son compagnon perd déjà le goût des miracles. Il s'ennuie à bénir des gens dont il déteste la servilité gémissante. Un matin, donc, il dit à Lune-Brûlée : « Nous partirons demain. » Ce jour-là il fait ses adieux aux gens assemblés sur la place. Il parle avec éloquence de son destin de pèlerin perpétuel et mendie quelques provisions de route. Les femmes l'écoutent en pleurant. Les hommes protestent avec une véhémence désespérée : « Ne nous abandonnez pas, hurlent-ils, agitant leurs mains jointes, grand saint guérisseur, ayez pitié de nous ! » Gradivo, que ces lamentations agacent, coupe court et rentre au presbytère, où l'attend Lune-Brûlée. Alors sous la fenêtre de leur chambre, la foule s'assemble et tient conseil. Un exalté parle violemment, agitant son poing armé d'un couteau luisant : « Gradivo ne nous quittera pas, dit-il. Gradivo est un saint, Gradivo appartient à Pescado-Verde, puisque c'est à Pescado-Verde que Dieu l'a envoyé. » Le peuple l'approuve et gueule. Des poings s'élèvent au-dessus des têtes et le bavard s'égosille : « Que nous importe le corps périssable d'un envoyé de Dieu ? Nous savons tous que les reliques d'un saint défunt sont aussi bienfaisantes, aussi miraculeuses que sa parole et sa main vivantes. Alors tuons Gradivo. Débarrassons-nous de ses pernicieuses envies de fuite. Nous l'enchâsserons dans l'église où nous pourrons l'adorer en paix, nous élèverons sur son tombeau son image en bois peint, nous lui présenterons nos plaies et nos douleurs. Il les guérira, je vous le dis, et les pèlerins viendront en foule à Pescado-Verde, et nous connaîtrons la prospérité des lieux bénits. » Gradivo, entendant cela près de la fenêtre ouverte, se tient à deux mains les côtes, tant il rit. Lune-Brûlée le secoue : « Fuyons », dit-il. L'angoisse le fait trembler. « Fuyons vite, ils vont te tuer, ces fous. » « Eh bien, répond le pouilleux superbe, qu'ils me tuent. Nous allons sortir ensemble de cette maison, ils me poignarderont et j'échangerai mon invivable existence contre un manteau brodé d'or et une tombe sainte. Ne cherche pas à me comprendre, compagnon, tu te perdrais. Je t'ai dit quand je t'ai rencontré, à Veracruz, que tu me conduirais à la richesse. M'y voici. Je t'ai dit aussi que l'un de nous deux mourrait ici. Ouvre donc la porte, que j'entre dans l'éternité. »

Avant de franchir le seuil il se penche vers Lune-Brûlée et murmure : « J'espérais que ce serait toi. » Puis il se mouche dans ses doigts et s'en va dans le soleil, Gradivo réprimant à grand-peine une joie tonitruante.

8

Lavoir, l'air serein, flanque un grand coup de pied dans la porte de l'infirmerie. Elle s'ouvre avec fracas et va cogner contre le mur. Berg, clignant les yeux, franchit le seuil derrière l'énorme. Après la pénombre du couloir la lumière, dans la vaste salle blanche, l'éblouit. Par deux fenêtres aux vitres incassables le ciel ensoleillé déferle et fait briller dur le carrelage. Des lits de fer sont alignés de part et d'autre de la porte. Au milieu de l'allée deux gardiens se dressent, renversant leurs chaises, l'arme au poing.

– Ne vous énervez pas les gars, dit Lavoir. Je viens vous remplacer.

Berg découvre Bébé, le visage empaqueté dans un écheveau de pansements jaunis, enfoui jusqu'au menton sous une couverture grise. Il se penche vers lui.

– Tu peux parler ? dit-il à voix basse.

— Oui. J'ai même envie de hurler, répond Bébé, bougeant à peine les lèvres. Qu'est-ce que tu viens faire ici ?

— Lavoir va veiller sur toi. Sois tranquille, on ne te laissera pas tomber dans l'oubliette. Tu n'as besoin de rien ?

— De vin blanc. J'ai besoin de me soûler, dit le blessé, les yeux rieurs.

— Où est Sourcefer ?

— Là-bas, au bout de la rangée. De temps en temps, nous nous regardons.

Il ricane un peu du nez. Lavoir pousse vers la sortie les deux gardiens qui ne résistent guère. Il leur dit, tout jovial :

— Soyez bons, les enfants, laissez-moi jouer à la sentinelle. Le patron m'a donné la permission.

— Tu es fou, gueule Berg. Ils vont nous envoyer une patrouille.

Lavoir, appuyé contre la porte, les poings aux poches, rit grassement et répond :

— Tu as peur, petit frère ? Le patron me doit des indulgences, comme il dit. De grandes indulgences, parce que des fois, je fais peur aux évadeurs, tu comprends ? Je massacre des pas-contents qui veulent quitter la maison.

— Tu es un beau salaud, dit Berg, pris soudain de rage rouge.

Lavoir fait la moue, se dandine, caresse son crâne presque ras et grogne, pitoyable :

– Tu es méchant, petit. Je peux être quand même utile. Je le sauverai, ton copain.

Il regarde Bébé, implorant un brin de fraternité. L'empaqueté parle à voix faiblarde mais précise :

– Ogre, Berg est un sec. Ne l'écoute pas.

– Oh ! dit Lavoir, il est gentil mais des fois il fait mal. Il ne comprend pas, il ne comprend pas.

D'autres paroles gargouillent dans sa gorge, inexprimables. Il les dit par son regard mouillé.

– Tais-toi, hurle Berg. Tais-toi, tas de viande ! Fumier ! Petit fumier !

Il exagère sa colère, grosse affection travestie, il bouffonne, le poing levé devant le monstre qui fait mine d'avoir peur et rit, délivré. Alors, Berg se tourne vers Bébé :

– Toi, dis-moi vite ce qui s'est passé hier.

– Rien de grave. Sourcefer est comme une muraille, tu sais. Quand il parle, il ne crache que des cailloux. Alors une grande idée a traversé ma tête, un grand coup de joie. J'ai voulu savoir s'il était mou quelque part, s'il avait du sang. Il a du sang. J'ai enfin parlé avec son sang, voilà. Maintenant, au moins, je sais qu'il a quelque chose d'humain.

Berg soupire profondément. A l'autre bout de la salle s'élève la voix nasillarde de Sourcefer. Il dit avec une affectation bizarre :

– Bébé, ton désespoir m'a toujours ému. Tu es

fou mais courageux. Si je t'avais tué, je crois que j'aurais éprouvé une fierté très mélancolique.

— Tu vois, murmure Bébé, il est capable de vrais sentiments maintenant. Je lui ai fait du bien.

Lavoir s'allonge sur un lit entre les deux blessés et regarde le plafond, les sourcils froncés.

— Silence, dit-il. J'entends venir du monde. Berg, va-t'en. Oh ! j'ai une idée sacrément jouasse.

Berg retrouve Flap et Vertadier devant la porte de la bibliothèque. En quelques mots brefs, il les informe. Des bruits de pas, des paroles rudes sonnent dans le couloir.

— Tout à l'heure, dit Flap, nous saurons si Lavoir est le bon cheval.

Vertadier n'est préoccupé que du rouleau de fil de fer dissimulé derrière les dictionnaires. Il va le caresser comme l'on flatte une bête familière. Il déteste les livres, il les flaire avec dégoût. Un homme passe la tête par la porte entrebâillée.

— Hé ! dit-il, ça hurle, là-bas.

Boulanger le bouscule. Il entre. Son visage est orageux. Il braille, l'index tendu :

— Ce que fait Lavoir est complètement illégal. Qui a eu l'idée de l'envoyer à l'infirmerie ? Je suis sûr que c'est vous.

Personne ne répond. Vertadier s'en va. Flap demande :

— Tu as vu le directeur ?

— Oui, répond Boulanger. Il m'a permis d'assister au prochain interrogatoire de Bébé. Mais l'intervention de Lavoir remet tout en question. Vous êtes des sauvages. Vous êtes des cafards. Je me décarcasse pour des cafards. C'est vous qui méritez l'oubliette, toi, Flap et toi, Berg. D'ailleurs vous y crèverez, les tripes bouffées par les rats. Et personne ne vous pleurera. Personne.

Il cogne l'air du poing. Il est tellement enragé qu'il bave. Flap soupire, flegmatique :

— C'est peut-être bien notre lot. Allons déjeuner.

Ils vont par les longs couloirs. Berg dit à voix basse, la main sur l'épaule de son compagnon :

— Tu sais, depuis hier, j'ai l'impression de marcher sur des couteaux rouillés. J'ai froid, je me sens malade. La peur me mange. Nous faisons du mal aux gens, ici. Il nous faut partir, vite, sinon je meurs.

— Et moi, je tue, répond Flap. Je crois que Bifur a fait un cauchemar épouvantable la nuit dernière. Tu ne l'as pas entendu ? Nous sommes tous rongés.

Il retient Berg à l'entrée du réfectoire. Il regarde la salle bruyante et murmure :

— Nous aurons besoin du fil de fer ce soir.

— J'irai le chercher à la sortie de l'atelier. Dis, j'aimerais emmener Lavoir avec nous.

Flap n'a pas entendu. Il cherche déjà une place parmi les chaises remuées.

Au milieu du repas, Lavoir entre à pas de promeneur, l'air énormément satisfait. Il fait le tour de la longue table en sifflotant une rengaine indéchiffrable. Nul n'ose l'interpeller mais chacun le regarde, sauf Boulanger qui remue son ragoût à coups de fourchette rageurs. L'ogre s'arrête derrière Berg, déploie son poitrail, remonte son pantalon effondré sous son ventre, se mouche dans ses doigts et dit :

– Petit Julien, récure-toi les dents et suis-moi. Ordre de la direction.

Il glousse, le monstre, contemplant les faces ébahies du haut de son corps gigantesque. Berg se lève, Lavoir le guide, paternel, un peu guindé. Devant la porte il s'arrête, se retourne vers les assis et déclare, triomphant, les yeux tout ronds :

– Nous deux, les gars, on est dispensés d'atelier.

Ils sortent main dans la main, solennellement, comme reine et roi quittant la salle du trône.

– Raconte, dit Berg, tout excité, à peine franchi le seuil de l'infirmerie.

– Je les ai trognés gentiment, je me suis mangé les poings, je leur ai pleuré mes services, alors ils ont accepté. Demande à Bébé, il t'expliquera mieux.

Tout bafouillant, il reste planté sur les dalles

brillantes, un rayon de soleil au milieu du crâne. Bébé se dresse péniblement sur le coude, fait signe à Berg d'approcher. Il dit riant à petits coups :

— Quand la patrouille est arrivée, il a pris les deux premiers par la cravate, il les a soulevés, il a ouvert sa grande gueule comme s'il allait les dévorer, puis il les a embrassés et les a jetés sur un lit. Alors un administrateur est entré, tout essoufflé. Un jeune type maigre, bien peigné, propre, raide. Il a invité Lavoir à s'asseoir avec lui, dans un coin. J'ai vu l'ogre prendre ses mains et les baiser en poussant des gueulements de chien cafardeux, en pleurnichant qu'il casserait la maison si j'allais à l'oubliette et qu'il voulait veiller sur moi, en attendant que le jugement soit rendu. Il a dit aussi qu'il avait besoin de toi, que tu savais soigner les pestes et calmer les douleurs. Le patron a fait la grimace mais il a capitulé. Il a pris Lavoir aux épaules, il l'a presque supplié : « Jure-moi que tu seras sage. » Lavoir a juré. Il a fait un salut militaire et il a craché droit devant lui. L'autre est parti, complètement écœuré, en s'essuyant le veston.

— J'ai bien joué, non ? grogne l'énorme, épanoui.

Berg est content. La vie est simple, elle lui paraît douce tout à coup, vivable. Pourtant il dit :

— Je suis inquiet.

Mais son inquiétude est lointaine. Lavoir, Bébé et Sourcefer, là-bas, dans son coin, semblent comme lui jouir du silence, du temps paresseux, de la lumière moelleuse. L'infirmerie est chaude, claire, elle sent le blanc bien lavé. Berg se couche et ferme les yeux. Il hume l'air longuement. Alors il se souvient d'un bourdonnement de mouche bleue et d'un fuseau de soleil entre les volets croisés d'une vaste cuisine, d'un fil d'éblouissante chaleur tendu du ciel au carrelage rouge, près d'un évier de pierre, dans l'odeur de paille et de fumée, un jour d'été, à midi. Il goûte un instant, il savoure ce fragile et vieux parfum d'enfance. Il essaie de le retenir. Il se dissout, il lui échappe.

– Moi, dit Bébé calmement, si je t'avais tué j'aurais eu le sentiment de n'avoir pas vécu pour rien.

Il est couché sur le côté. Sourcefer aussi. Ils se regardent. Berg s'assied sur son lit, ouvre les yeux. La grosse figure de Lavoir est penchée sur lui.

– Ils sont drôles ces deux-là, hé ? Devine pourquoi j'ai voulu que tu viennes les garder avec moi.

Ses petits yeux pétillent. Il ronronne comme un fauve caressé. Berg, grognon, enfouit ses mains dans sa tignasse.

– Pour que tu nous racontes l'histoire de Lune-Roulée. Hé ! les tueurs, il va nous raconter. Sourcefer, il faut que tu déménages, sinon tu n'entendras rien.

L'ogre s'affaire tout à coup, bouscule des lits, va chercher celui de Sourcefer qui s'accroche en braillant à sa couverture, le soulève par ses montants de fer, le porte comme une corbeille à linge et le dépose près de Bébé. Voilà côte à côte les ennemis irrémédiables. Il les regarde un court moment, l'air ravi, puis il empoigne les blessés par les cheveux, tasse des oreillers derrière leur tête, s'assied aux pieds de Bébé, les genoux sous le menton, et dit, désignant à côté de lui la même place sur le lit voisin :

— Berg, pose-toi là. Maintenant si quelqu'un vient nous déranger, je lui mange la cervelle. Sourcefer, je t'interdis de dormir. Je suis le chef, tu entends, salaud ? Va, petit.

Les voilà plantés comme quatre piliers sur un radeau blanc dans une brume sans rivage. « Il faut que je parle, se dit Berg, que je nous cimente, Sourcefer a peut-être raison, l'extérieur n'existe pas, n'existe plus, Bébé mourra bientôt, ses yeux le disent. » Ils sont tous les deux là, couchés, pansés, comme deux frères grotesques. Le regard de Lavoir tangue. Il attend puis s'impatiente, lève le poing et rugit :

— Hé ! parle, foutu vérolé, parle !

— Lune-Brûlée quitte Pescado-Verde, dit Berg, comme réveillé en sursaut. Ah oui ! Gradivo est mort, voici comment : sur la place ensoleillée il s'avance noblement, son baluchon sur l'épaule. La foule soudain muette se fend pour le laisser passer. Parvenu devant la croix, Gradivo voit se lever, sur la pierre, l'ombre d'une main armée. Il frémit. Un poignard oblique se plante, éblouissant, où l'épaule et le cou se joignent. Le crime est accompli dans un silence tel que l'on entend un cri d'oiseau, très loin dans le ciel. Le saint pouilleux reste un instant tout droit, immobile, les yeux grands ouverts. Son dos s'habille de rouge, il ouvre les bras, il chancelle. Des mains tremblantes le saisissent. Elles l'élèvent, couché raide, au-dessus des têtes. Le sang ruisselle dans les chevelures luisantes. Le cadavre est lentement porté vers l'église et déposé sur le perron, la tête dans l'ombre du portail. Alors, les hommes, le menton sur la poitrine, les mains croisées sur le ventre, entonnent des prières funèbres et les femmes en murmurant s'en vont, voûtées, chercher de l'eau pour laver Gradivo et des parfums et des linges propres. Lune-Brûlée, derrière la fenêtre du presbytère, voit tout cela. Il sort. Personne ne se soucie de lui. Il ramasse le bagage de son compagnon éparpillé sur la place désertée et s'éloigne le long de la rue. Seul, un visage fripé sur un tas de haillons affalé contre un mur le regarde passer. Un chien le suit jusqu'à la lisière du village et l'appelle longtemps, jusqu'à ce qu'il disparaisse au bout du sentier rocailleux.

Pendant trois jours il marche à la rage du soleil et du vent. Trois fois il fait halte à l'ombre d'un roc. Il dort où la nuit le surprend. Il s'épuise à suivre des chemins déserts à peine tracés, parmi les cailloux et les herbes rousses. Il parvient enfin, en rase montagne, au bord d'une route goudronnée. Il attend quelques heures, assis sur l'asphalte tiède. Alors un camion surgit à l'horizon lointain. Un camion vert, rugissant, ferraillant, poussiéreux, rouillé, rapiécé comme la chemise de fer d'un dragon rescapé d'une vieille guerre au pays des condors et des aigles. Dans un fracas de bidons effondrés ce camion s'arrête devant Lune-Brûlée. L'air empuanti d'essence frémit autour de sa carcasse qui grince, tremble, ronfle, gémit. Ses chromes édentés, ses courbes branlantes pareilles à des joues rebondies, vérolées, ses phares ronds et bigleux émerveillent mon frère comme une apparition divine dans ce désert. Il chanterait un alléluia s'il en avait le temps et la force. La portière s'ouvre. Il grimpe et s'affale à côté du chauffeur, sur une banquette éventrée. Il s'évade de l'enfer, mes amis, il s'évade.

Berg, le regard perdu, savoure longuement ce mot. D'un geste il l'accompagne dans l'air et le dit encore, et le rythme comme un doux déferlement de vague sur la plage. Lavoir, Bébé, hochent la tête. Sourcefer, les yeux fermés, sourit. La lumière faiblit dans l'infirmerie blanche. Un nuage mélancolique vient d'effacer le soleil. On entend, très loin, le tonnerre monotone des ateliers. Lavoir s'agite un peu. Il dit à voix basse :

— Alors ? Alors, petit ?

Berg sourit devant lui, à la muraille, puis regarde Sourcefer qui l'examine avec une attention froide, les sourcils froncés.

– Lune-Brûlée serre la main de son sauveur en rougissant, en bafouillant quelques paroles polies (mon frère était ainsi : timide, guindé. Pauvre gars !), et il s'endort aussitôt, tant il est fatigué. Dès qu'il se réveille, il demande à Nac Topil – c'est le nom du camionneur – jusqu'où il peut le conduire. « Jusqu'à la frontière, monsieur, jusqu'à El Paso, répond Nac. Dans sept jours nous y serons. Ce soir, nous dormirons dans le camion. Demain, nous dînerons à la Ventana del Cocodrilo. » Sa face s'illumine, son œil dérive vers un paradis succulent peuplé de femmes laiteuses. Ce Nac Topil est un costaud lippu à la barbe hirsute et très noire. Sa nuque est épaisse, sa voix rauque, son regard enfantin. Les paroles qu'il vient de dire délivrent si bien Lune-Brûlée de toute angoisse que s'il osait il lui raconterait les étranges malheurs de notre famille. Il fredonne, en contemplant le paysage. Après la dure épreuve qu'il vient de subir, il est content de rouler sans douleur dans ce tas de ferrailles en compagnie de l'homme qui va le conduire, insouciant, jusqu'à la frontière. Le deuxième jour du voyage, un peu avant le crépuscule, le camion de Nac Topil s'arrête devant la façade rouge et sale de la Ventana del Cocodrilo.

Berg se lève, s'étire en geignant et va boire au lavabo, la tête penchée sous le robinet. Maintenant la grande salle est pâle, tiède. Le ciel s'est couvert. L'ombre envahit les angles. On dirait que les lits, alignés contre le mur, vont s'endormir.

— Bébé, allume la lampe, dit Lavoir, un peu impatient. Berg, mon petit, quand tu auras fini de te regarder dans la glace, tu penseras à nos pauvres gueules, hé ?

Bébé ricane :

— Il se cherche.

— Quel menteur, ce Berg, grogne Sourcefer, un sourire mauvais dans les yeux. Il invente, il vous embobine, et vous l'écoutez comme des enfants malades.

Lavoir répond, grave, scandalisé, le dos droit, le menton en avant :

— Tout ce que dit le petit est vrai. La preuve : il sait que je le tuerais s'il mentait. Alors ? Et toi, si tu me fais peur, je te découpe en lanières.

Berg nonchalant revient s'asseoir à sa place.

— A la Ventana del Cocodrilo, dit-il, Nac Topil rencontre quelques vagabonds qu'il connaît. Il les salue bruyamment sous les poutres enfumées puis, le poing fermé sur un verre d'alcool, il se vautre avec délices dans la puanteur de vieille cuisine qui règne en ce lieu patibulaire et sombre. A la fin d'un dîner de viande rassise et de maïs servi par un jeune homme à la tête rasée, Nac Topil, complètement ivre, dit à Lune-Brûlée qui lui a raconté son aventure : « Quelqu'un ici peut t'aider à retrouver ton frère : une vieille femme nommée Louisa-les-yeux-caves. Elle est sorcière. Elle sait voir des vies lointaines, passées et futures. Je vais la chercher. » Il s'en va en titubant vers le fond très obscur de la salle, trébuchant aux tabourets, et revient précédé par une femme presque transparente tant elle est maigre et vieille. Elle est entièrement chauve. Son allure est pourtant d'une étrange noblesse. Son regard est impassible, aucune ride ne frémit sur son visage quand elle s'assied, raide, en face de Lune-Brûlée, et enfouit ses mains dans les larges manches de ses haillons. Alors d'une voix paisible elle dit ces mots très mystérieux : « Sous l'arête de ton front plat tes yeux luisent comme des feux de camp. Tu es une bête assez lente. Tu chemines dans une plaine aux ombres lumineuses. » Et puis, après un instant de sommeil apparent : « Tucson, Black-foot. » Mon frère l'interroge. Elle ne répond pas. Il ne sait ce que signifient ces mots tombés de sa bouche édentée. Il s'énerve, il l'insulte presque, enfin : « Êtes-vous folle ? » Alors Louisa-les-yeux-caves lui dit : « Peut-être. » Et puis elle ajoute, humblement : « Tu vas en juger. Écoute cette histoire : il y a quelques années un ermite vécut dans le désert de Gila, en compagnie d'une jeune disciple au crâne ras. Cet ermite était très savant. Il avait le pouvoir de quitter son corps et de voyager en esprit partout où le conduisait sa fantaisie. En ces moments d'errance qui parfois duraient plusieurs jours, le disciple veillait sur la dépouille de l'évadé spirituel, au fond de quelque caverne, éloignant d'elle les bêtes sauvages et les mauvais esprits. Or, un jour, ce jeune homme demeuré seul devant le corps déserté de son maître reçut la visite de son frère qui le pria de l'accompagner sur l'heure au village, car leur mère était mourante et désirait le voir. Son cœur aussitôt se déchira. Il avait assez de pouvoir pour guérir la vieille femme s'il arrivait à son chevet avant son dernier souffle. Mais il devait, encore un jour, veiller sur le corps de son père spirituel. Encore un jour, en effet : selon les instructions reçues le disciple devait brûler ce corps vide si l'ermite n'était pas de retour dans sa maison charnelle après une semaine accomplie. Dans douze heures le terme serait atteint. Alors le fils pourrait partir sans déchirement. Mais au village il embrasserait une morte. Devant ce choix douloureux le jeune disciple réfléchit un instant et décida de brûler avant l'heure la dépouille de son maître. Ce qu'il fit. Or, l'ermite revint et ne découvrit qu'un tas de cendres fumantes sur la litière où il avait abandonné son corps. Il sut aussitôt qu'il était en grand danger de se dissoudre et de vraiment disparaître. Il lui fallait à toute force trouver un corps nouveau, un corps où mettre à l'abri des intempéries son esprit fragile, sa conscience nue. Il s'envola jusqu'au village. Alors dans une chambre obscure l'ermite découvrit une vieille mourante sur laquelle se penchait un jeune homme qu'il connaissait bien. Il attendit que soit expiré le dernier souffle puis entra dans ce corps libéré qui, aussitôt renaissant, ouvrit les yeux et se dressa. Cet ermite, jeune homme, c'était moi. Et maintenant, conclut Louisa-les-yeux-caves, dis-moi, suis-je fou ? » Nac Topil ronfle, effondré sur un coin de table. Lune-Brûlée dit, éberlué : « Ce jeune homme rasé qui nous a servis tout à l'heure. » « C'est lui, répond la sorcière. Je t'ai raconté cette histoire pour que tu penses à moi au moment de la mort. Je t'aiderai. Adieu. » Sept jours plus tard, mon frère parvient sans encombre à El Paso.

L'infirmerie est presque toute envahie par la nuit. Berg, Lavoir, Sourcefer et Bébé sous la lumière pâle de la lampe sont pareils à quatre perdus au milieu d'une clairière écoutant les rumeurs indéchiffrables de la jungle et les battements de leur cœur. Des bruits de pas, des claquements de porte, des éclats de voix résonnent dans les couloirs lointains. Berg dit tout bas :

– Je dois partir. Les gars sortent des ateliers. Je ne suis pas dispensé de cellule.

– Je t'accompagne, dit Lavoir. Vous, les mal foutus, soyez sages.

Ils s'éloignent dans la pénombre. Ils ouvrent la

porte. La lumière crue du couloir entre un instant et avec eux s'en va.

— Il faut que je passe à la bibliothèque, dit Berg.

Lavoir hoche la tête et se gratte le nez, tout rêveur.

— Quand l'histoire sera finie, tu m'en raconteras une autre ?

Berg doit lever la tête pour regarder l'enfant monstrueux qui marche à pas lourds à côté de lui et qui rougit, l'œil allumé, un peu gêné. Il répond :

— Si tu veux. Si tu en as vraiment envie.

Lavoir grogne, content. Ils vont dans le long couloir aussi lentement que possible. Berg, tout hésitant, demande :

— Dis-moi le plus beau souvenir de ta vie.

— Facile, répond l'ogre épanoui. C'est toi.

— Hé ! bafouille Berg tout à coup attendri, je ne suis pas encore parti. Je veux dire : je ne suis pas dans ton passé, tu comprends ? Je ne peux pas être un souvenir.

Lavoir s'arrête sur le ciment et hoche la tête avec une conviction vigoureuse, butée, imperturbable.

— Dans mon passé, dans ma grosse caisse, dans la lumière de mon œil, tu es partout, voilà.

Son sourire est morveux, édenté, désarmant, abominable.

— Je voulais simplement savoir, dit Berg, si parfois tu ne regrettais pas l'extérieur. Oh ! ça n'a pas d'importance.

Les voilà devant la porte de la bibliothèque. Ils restent plantés là, un instant, l'un et l'autre indécis. Puis :

— Tu n'entres pas ? dit Lavoir.

— Oui. Salut. Va vite, il ne faut pas que Sourcefer et Bébé restent seuls trop longtemps.

— Tu ne veux pas que je t'accompagne jusqu'à ta cellule ?

— Non.

Le colosse s'en va, un peu voûté.

9

– Il est minuit et une minute, dit Flap à voix basse. Nous partons demain.

Il regarde ses compagnons. Ils sont tous les quatre assis autour de la bougie aux trois quarts consumée, au milieu de la cave, sous la cellule trouée. Un instant, ils suspendent leurs gestes. Dans la lumière fragile, une joie grave fait briller leurs yeux. Les cordes sont éparses sur le sol, parmi les gravats. elles sont souples et solides, soigneusement tressées. Vertadier soupire et le premier reprend son ouvrage. Il s'applique à tordre comme il faut le montant des couchettes. Berg et Bifur les fixent ensemble en trois courbes divergentes. Le fil de fer cisaille leurs doigts, ils s'échinent, ils tremblent un peu mais jubilent nerveusement comme des enfants dans une caverne, au seuil d'une aventure secrète. Flap attache ces grappins aux cordes, éprouve leur résistance. Tout à l'heure, au fond de la galerie, Vertadier a descellé trois pierres dans la muraille. Les uns après les autres ils sont tous les quatre allés flairer l'air vif. Ils en sont revenus ivres et rêveurs. Demain, un coup d'épaule suffira à ouvrir le passage.

– Qui connaît ici l'histoire du roi Salomon et du paradis perdu ? dit Berg, un sourire ambigu au coin de la bouche.

Personne ne répond mais chacun, du regard, l'interroge. Il poursuit :

– Le roi Salomon avait pour ami un aigle familier aussi vieux que le monde. Un jour il lui dit : « Aigle, toi qui as connu les premiers hommes, tu dois savoir dans quel pays se trouve le Jardin d'Éden où vécurent Adam et Ève aux temps anciens. » « Oui, répond l'aigle, je le sais. » « Alors, prends dans ton bec cet œuf de diamant que je te donne, envole-toi par-delà les montagnes et va le déposer au cœur de ce jardin perdu. C'est un diamant magique. Je le verrai descendre du ciel. Je suivrai sa lumière, elle me conduira jusqu'au paradis terrestre. Va. » L'aigle s'envole par-delà les montagnes. Quand le roi Salomon voit le diamant tomber, il prend son bâton de pèlerin et s'en va, guidé par sa lumière. Il chemine longtemps, des semaines, des années. Il parvient enfin au cœur de ce pays où le diamant est tombé. Il le ramasse et regarde autour de lui. Il est debout sur une dune, les deux pieds dans le sable, au milieu du désert.

– C'est malin, dit Bifur renfrogné.

Il se dispute avec la ferraille coincée entre ses

genoux, tirant rageusement sur le fil de fer rouillé. Berg murmure, un peu piteux :

– Je voulais simplement dire que nous ne trouverons nulle part le paradis. Ce n'est pas une raison pour ne pas être contents. C'est idiot, pardonnez-moi.

Flap se penche au-dessus de la bougie, l'air grave. La lumière accuse ses rides ondulées sur son front.

– Je pense tout à coup que nous n'avons aucune carte. Nous ne savons toujours pas sur quel pays nous allons tomber, de l'autre côté du mur. Bifur, tu n'as pas fait ton travail.

– Hé ! dit l'accusé, je me suis renseigné. Les archives sont dans la tour centrale où les prisonniers n'ont pas accès, tu le sais bien.

Vertadier crache dans ses mains, s'arc-boute contre une tige de fer coincée dans une fente au-dessus de l'entrée de la galerie et tire comme un galérien sur ses rames. Puis il vient s'accroupir dans le halo de lumière. La barre tordue, fièrement tenue dans son poing, il dit, souriant, le visage barbouillé de poussière et de sueur :

– J'ai fini. C'était la dernière.

Il la regarde avec une affection taciturne. Il dit encore :

– Elle est belle, elle est très belle. On pourrait piocher la terre avec ça. Même dans le désert on pourrait piocher un jardin.

Les autres en silence hochent la tête. Leurs ombres sont très longues sur les murs. Puis Flap s'inquiète :

— Demain nous ne saurons pas où aller. Pourvu que nous trouvions une route. Il me semble avoir entendu des camions, la nuit.

— Nous irons droit devant, comme des lièvres, grogne Bifur. Aide-moi, mes mains saignent.

Ils tirent ensemble sur le fil de fer, fixent le dernier grappin. Vertadier enroule soigneusement les cordes ferrées et les dépose à l'entrée de la galerie. Ils sont épuisés. Ils accomplissent les derniers gestes nécessaires, évitant de se regarder. Flap éteint la lumière. Ils se hissent dans la cellule. Par la lucarne entrent des nuées d'étoiles. Ils se couchent sur le carrelage au pied des couchettes en ruine. Un cri lointain, lamentable, traverse la nuit. Puis le silence est tel qu'ils entendent battre le sang dans leurs tempes. Il est deux heures du matin. Maintenant, ils commencent à avoir peur.

Le lendemain matin, Berg retrouve à l'infirmerie Lavoir, Sourcefer et Bébé. Les blessés ont dormi côte à côte, muets, cuirassés dans leurs pansements et leur tristesse froide. La fenêtre aujourd'hui est barbouillée de gris, il fait trop chaud dans la salle trop blanche. Lavoir semble préoccupé. De temps en temps il examine Berg à la dérobée, de brèves lueurs de désarroi traversent ses yeux, on dirait qu'il flaire un malheur. Il grogne :

– Tu es sale. Tu pues la terre.

– J'ai très mal dormi, répond Berg, nerveux, cafardeux. J'ai mal partout.

Ensemble ils font le ménage à grandes envolées de chiffons, à grands coups de balai désordonnés sous les lits. Puis Lavoir s'installe comme la veille, aux pieds de Bébé.

– Viens là, dit-il, viens nous parler, petit salaud.

Il sourit, pitoyable. Berg tente de ne pas laisser paraître son angoisse. Il lui semble que Sourcefer et Bébé, posés sur leurs oreillers, immobiles, le regardent avec une acuité suspecte. Il s'assied à sa place désignée, enfouit son visage dans ses mains, gémit :

– Je suis fatigué.

Lavoir pose sa grosse patte sur sa nuque et se penche vers lui :

– S'il te plaît, pâlot, allume-toi. Ne m'inquiète pas. C'est l'heure de Lune-Roulée.

A nouveau le voilà insouciant. Il dit « Lune-Roulée », la gueule fendue, clignant de l'œil, quémandant d'un bref mouvement de sourcils la complicité des deux blessés vaguement intéressés.

– Ah oui ! dit Berg, nous l'avons laissé à El Paso, je crois. Eh bien, Lune-Brûlée ne reste pas longtemps à El Paso. Il a de la chance : un ami de Nac Topil, camionneur lui aussi, rencontré par hasard sur la grande place des autobus, accepte de le conduire jusqu'à Tucson. Il ignore tout de cette ville, de ses couleurs et de ses gens. Il a peur d'elle : son nom sonne comme un cliquetis d'armes. Il espère pourtant y découvrir ce Blackfoot, que Louisa-les-yeux-caves a semblé voir devant elle, au fond obscur de la malodorante Ventana del Cocodrilo. Dans le camion rutilant qui ronronne sur la grande route américaine, il interroge, sans trop d'illusions, son compagnon. L'homme rit, amer, hoche la tête : « Blackfoot ? C'est le plus gros richard de la ville, dit-il. Non, il n'est pas de mes relations. » Il jette un coup d'œil ironique aux haillons de Lune-Brûlée qui pense tout à coup avec inquiétude que Louisa, sorcière roublarde, a peut-être déniché ce nom, un jour, dans quelque magazine, et le lui a servi sans vergogne, pour le plaisir de l'ébahir. Voilà pourquoi, parvenu à Tucson, il décide de s'accorder quelques jours de réflexion avant d'aller frapper à la porte d'Ézéchiel Blackfoot. Il espère un appel, une inspiration peut-être, un signe. Pour subsister, il se fait embaucher dans un restaurant populaire. Le voilà laveur d'assiettes, lui qui hait l'odeur de la graisse. C'est en ce lieu qu'il se sent, un matin, harponné. Oh ! n'imagine pas, mon pauvre Lavoir, un appel claironnant et superbe, non : ce matin-là, Lune-Brûlée, enfermé dans les cabinets lépreux de son restaurant, parcourt distraitement un morceau de vieux journal ramassé sur le carrelage. Et voici ce qu'il lit, les mains tout à coup tremblantes : « Ézéchiel Blackfoot a été retrouvé sain et sauf près de l'épave de l'avion-taxi qui devait le conduire à Tucson. Le pilote de l'appareil n'a pas survécu. Quant au troisième passager, il a disparu. Selon les déclarations de Blackfoot, il s'agit d'un aventurier dont l'identité n'a pas été révélée. » Lune-Brûlée téléphone aussitôt à cet homme opulent que l'on dit fort peu sociable. « Je suis, lui dit-il, le frère du Bénédictin. » Il obtient un rendez-vous immédiat.

Blackfoot, qui le reçoit avec empressement dans son salon circulaire meublé de bois luisant et de fauteuils profonds, n'a pas abandonné l'espoir de conquérir le Clou du Monde. Il pense que mon frère détient peut-être une copie du portulan de Vicente Nui. Avant de le détromper, Lune-Brûlée se fait raconter en détail les aventures du Bénédictin, puis il avoue sa désolante pauvreté. « Nous sommes, lui dit-il, aussi ignorants l'un que l'autre. Nous devons donc partir ensemble à la recherche du disparu. Il est peut-être vivant, dans quelque caverne du désert. Lui seul peut vous conduire à l'immortalité que vous semblez follement désirer. » « Oui, répond Blackfoot, je me suis amplement renseigné depuis mon retour à Tucson. Des légendes tenaces affirment en effet qu'à la cime du Clou du

Monde le roi des aigles couve l'œuf de pierre des Immortels. Or, je crois à la sagesse des légendes. » Ils bavardent ainsi jusqu'à la nuit. Puis Lune-Brûlée nous écrit une longue lettre. Le lendemain matin, ils s'en vont pour le désert de Gila. Lavoir, cesse de bouger quand je parle. Peut-être trouves-tu étonnant que Blackfoot ait attendu Lune-Brûlée pour partir à la recherche du Bénédictin ?

— Moi ? grogne Lavoir, les yeux ronds. Non, non. C'est Bébé qui bouge.

Il a l'air d'un enfant pris en faute. Bébé gémit :

— J'ai mal aux jambes.

Sourcefer ricane, se tourne sur le côté, fait mine de dormir. Lavoir se penche et le secoue.

— Hé ! tu vas écouter, foutu salaud ? Il faut que tu écoutes. L'histoire n'est pas finie. Raconte, petit.

Sourcefer, exaspéré, se laisse aller sur le dos et regarde le plafond jauni que traversent de fines lézardes.

— Blackfoot, dit Berg, espérait lui aussi un signe. Il était de ces gens trop sensibles, trop secrètement intelligents pour faire confiance à la seule logique. Il lui fallait, avant d'agir, flairer l'air, se ménager la bienveillance des choses, la complicité de quelques dieux efficaces. L'irruption soudaine de Lune-Brûlée dans sa vie, plus que ses paroles, l'avait convaincu : il devait poursuivre sa quête, et d'abord retrouver le Bénédictin. Le voilà donc à bord de son hélicoptère, survolant, en compagnie de mon frère, le désert de Gila. Il pose sa rugissante machine près de l'épave de l'avion-taxi. Les deux hommes fouillent un instant les décombres, puis s'en vont à pied sur la piste probable du Bénédictin. Ils marchent longtemps dans la poussière ocre, dans la chaleur vibrante. Ils parviennent enfin devant une caverne, au pied d'une falaise abrupte. Blackfoot veut aussitôt l'explorer. Lune-Brûlée lui fait remarquer que la journée est fort avancée, qu'ils sont loin de l'hélicoptère. « Il serait plus prudent, dit-il, pour ce premier jour d'exploration, de ne pas aller plus loin. » L'autre ne veut rien entendre. Il affirme qu'il pressent un événement important. Ils ont emporté quelques outils, une lampe-torche, et une trousse de médicaments. Ils entrent dans la gueule béante. Au fond de la caverne ils hésitent devant trois galeries divergentes. Blackfoot renifle, le front plissé, tâte le sol à pas prudents puis fait un signe sec et s'engage, comme si son choix n'était pas hasardeux, dans la faille centrale. Elle est étroite, ses parois sont rudes, son plafond est indiscernable. Les deux hommes cheminent péniblement sur les caillasses aiguës, ils s'aident d'une main appuyée à la muraille. Lune-Brûlée a peur. Il ne me l'a jamais dit mais je suis sûr qu'il a peur. Il a toujours redouté la nuit fermée des maisons et des grottes. Blackfoot va devant. Le faisceau de sa lampe hérisse le roc d'ombres méchantes et se perd dans les ténèbres. Soudain, il s'arrête. Il éclaire, à quelques pas, un objet noir coincé entre deux pierres : un soulier vide. Lune-Brûlée vient buter contre son dos puis le bouscule et se précipite. Il s'accroupit, sa main tremblante se pose sur la chaussure racornie et la caresse. Blackfoot se penche par-dessus son épaule, jubilant. « J'étais sûr, dit-il, que le Bénédictin était venu se perdre dans ce foutu couloir d'enfer. » Lune-Brûlée lui arrache la torche, laisse là le sac de matériel qui l'encombre et s'en va, courant presque, hurlant le nom du frère aîné, déchirant aux parois les manches de sa veste. Son compagnon le rejoint au carrefour de trois galeries tordues et l'entraîne dans la plus large qui descend en pente douce. Ils vont longtemps, ils s'égosillent, appelant le perdu, et se perdent. A bout de souffle, ils voient devant eux s'ouvrir la nuit opaque, apparemment sans fond et sans rivage. Ils rebroussent chemin, ils ne retrouvent pas les couloirs parcourus. Alors, une irrépressible panique, peu à peu, envahit Ézéchiel Blackfoot. Il pleure, griffe les murailles, cogne du front contre le roc. Lune-Brûlée parvient un instant à le maîtriser mais s'épuise. Nul ne saura jamais combien d'heures, combien de jours ils errent dans ce labyrinthe noir. Deux semaines plus tard on retrouve Blackfoot, l'affamé d'immortalité, pour la deuxième fois tombé dans le désert de Gila, à trois kilomètres de son hélicoptère.

– Et Lune-Roulée ? demande Lavoir, les sourcils froncés.

Il s'agite et fait grincer le lit. Bébé profite de son trouble pour allonger sournoisement les jambes, sous la couverture, le long des fesses de l'ogre. Sourcefer pose sur ses yeux son bras et bâille bruyamment.

– Lune-Brûlée ? dit Berg, à voix sourde. Il est mort. Blackfoot, recueilli apparemment lucide, avoue que pour survivre dans les ténèbres de la caverne, il a tué mon frère et mangé quelques lambeaux de son corps.

– Le salaud, gronde Lavoir, cognant du poing sur son genou. Tu entends, Sourcefer ?

– J'entends, dit l'autre. Je trouve ça normal, mais juteux.

– Mon frère est mort un dimanche à midi : ce jour-là, à cette heure précise, la liqueur de Luce Loir, sur la cheminée de notre cuisine, s'est brusquement bouleversée, comme si une tempête soudaine s'était levée dans le flacon scellé. J'ai regardé mon père. Il était assis sur une chaise basse, il cirait ses chaussures avant d'aller à la messe. Il a suspendu un instant son geste, puis, poussant un hurlement d'enragé, il a lancé sa brosse sur la fiole, qui s'est brisée (en vérité, elle ne contenait que de l'eau). Je n'oublierai jamais cet instant. Debout au coin de la fenêtre, immobile et muet, je savais que je gravais dans ma mémoire le dernier souvenir de mon père vivant. Le soir même je suis parti. Je n'ai pas eu le courage de dire adieu au vieil Ange. Il était trop malheureux. J'étais trop vulnérable. J'ai laissé une lettre sur la toile cirée à carreaux blancs et rouges trouée aux quatre coins de la table. Puis j'ai fermé les volets de la cuisine vide et froide, j'ai franchi le seuil de notre maison et je me suis éloigné sans me retourner.

Lavoir renifle. Les larmes aux yeux, apitoyé comme une grosse mère excessive, il regarde Berg. Sourcefer ricane et lâche une insulte inaudible. Alors l'ogre, pris de furie subite, d'un coup de talon tonitruant renverse son lit sur le carrelage, et le blessé, poussant un hurlement aigu, s'effondre dans un fracas de ferraille, empêtré dans sa couverture, et Berg, stupide, se retrouve assis au milieu de l'allée. Le monstre se précipite vers lui, l'aide à se relever, gémit :

— Oh ! pardon, petit, pardon, pardon.

Sourcefer braille, la voix étouffée par le matelas étalé sur sa figure :

— Gros porc, femelle puante, je te ferai tuer, je te ferai fusiller par les gardes ! Aidez-moi, quelqu'un ! Aidez-moi.

Il émerge péniblement. Bébé rit à perdre haleine, les bras en croix, la gueule bizarrement tordue. Il bafouille, entre deux hoquets :

— Ma peau craque, je la sens qui craque.

Berg aide Sourcefer à se recoucher sur son lit ravagé, hâtivement remis sur pied. Lavoir se dandine, indécis, puis dit à sa victime avec une solennité considérable :

— Que ça te serve de leçon.

Il jette un coup d'œil à Berg, quémandant une approbation qui ne vient pas. Alors il pose ses fesses sur l'extrême bord du lit de Bébé et s'accoude sur ses genoux, tout rêveur.

Au bout de l'allée la porte s'ouvre. Boulanger entre, circonspect. D'un signe de la main, il salue les blessés, ignorant les deux autres. Il s'approche et grogne, bourru :

— Il fait bon chez vous.

Il prend le temps de jouir un peu des regards inquiets qui l'interrogent puis il dit à Bébé sur un ton de père rude :

— J'ai de bonnes nouvelles pour toi. Le directeur du Bloc veut bien te pardonner. Tu n'iras pas à l'oubliette

Puis il se retourne vers Lavoir et Berg :

— Vous n'avez plus rien à faire ici, vous deux.

Il s'en va. Lavoir, pour exploser, attend que la porte ait claqué derrière lui. Alors, il part d'un rire formidable, ouvre ses bras immenses, étreint Bébé avec son lit et le soulève, et Bébé geint, écrasé contre le poitrail sonore. Berg, apparemment indifférent à l'énorme effusion, regarde Sourcefer impassible. Une bourrade dans le dos le fait tomber sur lui. Il dit, tout près de son visage, avec un sourire gêné :

– Lavoir est vraiment monstrueux.

Sourcefer répond à voix basse :

– C'est ton ami. Avoir un ami est utile parfois. Je n'en ai pas. Je suis seul, c'est plus net.

Un éclair de détresse traverse ses yeux.

– Bon, dit Lavoir. Maintenant, mon pauvre Bébé, si tu ne veux pas rester seul avec du pas-fini, il faut que le petit nous raconte vite l'histoire, parce qu'on va venir nous chercher. Asseyez-vous, ça commence.

Il est seul debout, il s'assoit, contemple Berg, renifle, joyeux morveux. Il attend. Berg soupire.

– Tu veux savoir, dit-il à voix basse, comment j'ai tué Blackfoot ?

L'ogre frétille, se penche vers Bébé et babille, hochant la tête, avec une extrême jubilation :

– Il a tué ce salaud de Blackfoot.

– J'avais de l'argent, moi. Mon père, après le départ de Lune-Brûlée, m'avait confié les économies de toute sa vie : il craignait de mourir subitement et ne voulait pas risquer qu'un fonctionnaire anonyme découvre avant moi le sac de billets de banque caché dans l'horloge de sa chambre. Ce dimanche funèbre et déchirant, je décide donc de tuer Ézéchiel Blackfoot. Pourtant, je vais d'abord à Phoenix. Contre toute raison peut-être, j'espère y découvrir une copie du portulan de Vicente Nui. Je veux, moi, Julien Berg, poursuivre l'œuvre de mon frère aîné et conquérir le Clou du Monde. Oh ! je dois te dire, Lavoir, que l'on m'appelait, en ce temps-là, Chilam-Balam, je ne sais pourquoi. Me voilà donc à Phoenix. J'apprends, le jour même de mon arrivée, que William Vilar, le premier propriétaire de la précieuse carte, n'est plus qu'une épave recuite. Je retrouve sa trace dans l'étrange terrain vague hérissé de vieilles tôles et de camions rouillés où j'ai un jour guéri de sa folie — je pense t'avoir raconté cette aventure — un clochard illuminé nommé Joe Sahara. Vilar, que j'interroge longuement, prétend n'avoir jamais rencontré le Bénédictin. Il nie même, l'imbécile, l'existence du portulan, qu'il ne se souvient pas avoir possédé. Désespérant d'arracher quelque information utile à cet égaré, je prends l'avion pour Tucson et vais aussitôt frapper à la porte d'Ézéchiel Blackfoot. J'attends de lui, avant de proprement l'assassiner, qu'il me révèle ce qu'il sait sur l'emplacement du Clou du Monde.

Je découvre, dans le délicieux jardin de sa résidence, l'homme qui a perdu mes deux frères. Je n'imaginais pas un personnage d'apparence aussi maléfique. Il est gras et roux comme un porc. Deux flammes froides semblent consumer ses yeux d'un vert de vague. Il est affalé dans un hamac au-dessus d'un gazon parfait. Il me fait signe d'approcher, il me parle. Je sais aussitôt qu'il est devenu fou. Pour m'introduire dans son luxueux repaire, je lui ai fait annoncer, par un domestique tout à coup effaré, que le Bénédictin désirait le voir. Or, dès que j'apparais devant lui, il me prend vraiment pour mon frère, auquel je ne ressemble pas. Blackfoot, manifestement, a perdu la raison dans la caverne du désert de Gila. Je ne peux te dire, Lavoir, les termes de l'absurde monologue que j'ai dû subir. Mon coup de poignard dans sa poitrine épaisse fut en fin de compte miséricordieux. D'ailleurs, il est mort souriant, effondré sur un parterre de fleurs éblouissantes, les yeux éteints perdus dans le ciel, les bras ouverts comme un oiseau grotesque. J'ai fui Tucson le soir même, avant que ne se mette en branle la machinerie policière. Je suis revenu à Phoenix où je me suis fait errant, obstinément convaincu que je devais en cette ville retrouver la piste perdue du Clou du Monde, puis je suis rentré chez nous. La patiente police m'y attendait. Voilà pourquoi, Lavoir, je suis en prison et pour l'heure, en ta compagnie, dans cette infirmerie qui sent bon le vieux médicament. Mais je ne fais ici que passer. Un jour, mon brave, bientôt peut-être, je repartirai à la conquête du Clou du Monde.

— Avec moi, dis, avec moi ? murmure Lavoir.

— Pourquoi pas ? répond Berg, tout rêveur.

— Allez manger, c'est l'heure, dit Bébé.

Sourcefer ronfle. Berg pousse l'ogre devant lui,

dans l'allée, revient vers Bébé, se penche sur son visage, serre son bras.

— Adieu, dit-il à voix basse. Adieu.

Les yeux du blessé brillent très fort. Il répond :

— Je ne sais pas encore si je vais mourir ou si tu vas partir.

Il lève la main, caresse la figure de son copain, se tourne sur le côté, et ferme les yeux.

Au milieu du couloir désert, Berg se plante devant Lavoir, saisit ses pognes et dit d'un trait, à voix rauque :

— Gros, ce soir je m'évade.

10

D'abord un long frisson secoue l'énorme carcasse de l'ogre. De larges cernes apparaissent sous ses yeux, son regard s'épouvante puis traverse sans plus le voir le visage de Berg. Une tempête de rides ravage soudain sa gueule livide, un cri sourd roule dans sa gorge. Il chancelle, fait un pas en avant, pousse un aboiement bref, comme si le front d'un bélier venait de cogner contre son ventre. Puis, la tête renversée en arrière, il ouvre la bouche. Un hurlement de bête fabuleuse jaillit, déferle, roule, torrentueux, sous le plafond de faïence blanche, et va se perdre au loin comme un rugissement de dragon au fond de sa caverne. Berg, terrifié, s'enfuit, court éperdument dans une brume lumineuse, rebondit contre les murailles aux angles du couloir, s'engouffre, les mains en avant, dans le réfectoire, heurte un tabouret, s'étale aux pieds de la table. Il voit passer un galop de bottes au-dessus de sa tête. Les gardes, l'arme au poing, s'en vont à l'assaut du lointain gueulement que l'écho, sous les voûtes, multiplie. Dans un grand chahut de chaises, les prisonniers se bousculent et font cercle autour de l'effondré. Flap et Bifur le prennent aux épaules, l'aident à se relever. Il dit, à bout de souffle :

– C'est Lavoir.

Flap serre brusquement son bras, les sourcils froncés :

– Lavoir ? Pourquoi ?

Berg, l'air effaré, regarde autour de lui.

– Je ne sais pas, dit-il.

Au loin claquent des fracas de vitres brisées, des bombardements sourds font frémir les murs et bouger les lampes, au plafond. Des bruits de galopade, des cris secs traversent le long rugissement du monstre. Au bout de la table désertée, les prisonniers assemblés en un groupe compact écoutent, pétrifiés. Un gardien entre comme un taureau et les bouscule. Ils regagnent lentement leur place, soumis, frileux, peureux, la savate traînarde. Une main gantée s'abat sur la nuque de Berg. Il entend :

– Suis-moi.

Il se retourne, pris de tremblements irrépressibles. Vertadier l'accompagne jusqu'au seuil de la salle. Le long du couloir, la rumeur enfle. Berg croise deux hommes en blouse blanche traînant un gardien assommé. Il bute contre des débris de porte et des amas de ferraille tordue. Là-bas, droit devant lui, il entend brailler une voix furibonde :

– Voilà le type qu'il réclame.

Il voit tanguer le sol. Il devine à peine, tant le vertige le torture, les corps en uniforme qui l'empoignent et le poussent rudement jusqu'à la porte qui donne sur la cour. Des verrous claquent. Il tombe sur les genoux, en plein soleil éblouissant, et ne bouge plus. Il reste ainsi, la tête enfouie dans ses mains. Puis il se redresse lentement. Le silence règne entre les murs, sous le ciel vide. Des couleurs bougent derrière les vitres des miradors, des éclairs de métal. Des bancs arrachés, brisés, sont dispersés sur le ciment. Lavoir est debout parmi ces décombres, les vêtements en lambeaux, les bras ballants, les mains ensanglantées. Il regarde Berg, au bout de son ombre immense. Sa tête est une grosse boule de morve, de sueur, de sang, de larmes, mais son regard étroit dans ce magma est celui d'un fou de douleur espérant tout à coup un miracle. Berg s'approche de lui, lentement, les mains en avant, comme s'il croyait irréel, là, planté à contre-jour sous le ciel immobile, ce corps de colosse meurtri. Il touche son bras, du bout du doigt, il pousse un gémissement bref. Alors les deux hommes s'étreignent violemment. Berg sanglote contre la poitrine de Lavoir et Lavoir enferme dans ses pognes sanglantes la chevelure et le visage de celui qui déchire son esprit. Ils demeurent ainsi, au milieu de la cour, un long moment. Puis Berg dit, hoquetant :

— Tu ne m'as pas trahi ?

— Non, malheur, non, répond Lavoir.

— Tu pars avec moi, dis, tu pars avec moi.

— Peux pas.

Le monstre geint, serre contre lui la tête de Berg, comme s'il voulait la faire entrer dans son poitrail.

— Dis-moi pourquoi, dis-moi. Je t'emmènerai au Clou du Monde, tu veux ? A la cité des Aigles.

— Peux pas, peux pas, répète l'ogre, comme une litanie d'enfant naufragé.

Berg ne pleure plus maintenant. Il dit d'une voix rauque, rageuse :

— Tu veux que je reste avec toi, hein ?

Alors Lavoir est pris d'un long tremblement d'arbre secoué. Il laisse tomber ses bras et murmure :

— Tu t'en vas. Moi, non. Oh ! t'en fais pas, ils seront pas tristes, les autres. Je leur raconterai des histoires.

Quelque chose sourit dans la chair à vif de son visage, et dans ses yeux Berg découvre tout à coup une lueur jamais encore allumée : la paix sans espoir. Il a honte soudain. Il dit ces mots dérisoires :

— Je ne t'oublierai pas.

Et Lavoir répond d'une voix fragile, très tendrement :

— Je m'en fous.

Alors Berg s'arrache au regard qui déjà ne voit

plus que des rêves lointains. Le ciel tournoie. Il s'éloigne vers la porte de fer. La serrure claque. Le voici dans le couloir, environné de gens en uniforme. Derrière lui quelqu'un dit :

– Il est efficace, ce type.

On le conduit aux ateliers. Dans la cour, Lavoir, assis, les genoux sous le menton, les mains sur la tête, se laisse traîner vers la sortie par quatre gardiens gantés de cuir, armés de matraques.

Dans l'effroyable vacarme des machines et des musiques Berg travaille jusqu'au soir comme bougent les somnambules. Ses compagnons l'observent avec inquiétude, levant le front chaque fois qu'ils peuvent lâcher les ferrailles trépidantes pour essuyer leurs mains moites sur quelque chiffon. Quand sonne l'heure de la délivrance, aussi vite qu'ils le peuvent, ils se faufilent parmi la foule lente, accablée, et le ramènent, le portent presque, titubant, hagard, jusqu'à la cellule. Ils l'aident à s'allonger sur sa couchette déglinguée, se penchent sur lui. Bifur le secoue un peu et murmure :

– Tu pourras tenir ?

Flap, le doigt tendu vers la lucarne, dit :

– Regarde le ciel, regarde. Dans une heure il sera noir. Dans une heure nous serons dehors.

Vertadier, l'oreille contre la porte, écoute les bruits de la prison. Berg se soulève sur le coude, passe une main sur son visage.

— Je veux partir tout de suite, dit-il.

Bifur rit nerveusement et répète, les yeux ronds :

— Il veut partir tout de suite, le bougre.

— Il a raison, dit Vertadier. Nous attendrons la nuit dans la cave.

Il déplace sa couchette, boutonne sa veste jusqu'au cou, comme s'il allait sortir en plein vent, et disparaît dans le trou. Berg le suit, puis Bifur et Flap. Le crépuscule est brumeux.

Dans la cave il fait nuit noire. Un éclair d'allumette jaillit au bout des doigts de Bifur, il allume la bougie posée sur un tas de gravats. La lumière orange aussitôt répandue dans la pièce étroite et basse ne parvient pas à tempérer la pâleur des visages. Vertadier, à plat ventre, se glisse dans le boyau. Les autres éprouvent la résistance des cordes, les enroulent avec un soin extrême. Ils écoutent longuement des raclements discrets, au bout de la galerie, des échos lointains, là-haut, dans les couloirs, les mille grincements du silence. Berg enfin, debout, les poings aux poches, la tête basse, regarde fixement la flamme droite de la bougie et parle :

— Le jour de mon arrivée, vous m'avez demandé ce qui m'avait conduit ici. Je crois que maintenant il faut que je vous le dise. J'ai volé une voiture, j'ai eu un accident, j'ai tué un homme. Voilà. Je ne suis qu'un malfrat sans envergure, un voyou très ordinaire.

Bifur glousse, l'œil vif, hausse les épaules.

— Ce n'est pas vrai, dit-il. Je crois que tu as vraiment raconté ta vie à ton copain Lavoir.

— Fous-lui la paix, grogne Flap.

Vertadier se dresse, le visage souillé de boue, radieux : il tient dans son poing tendu une touffe d'herbe. Il ouvre la main et l'applique en riant sur la bouche de Bifur qui respire un grand coup, en gémissant d'aise, comme s'il flairait une rose rare.

— On y va, dit Flap, sèchement.

Chacun empoigne un rouleau de corde. Vertadier s'accroupit devant le boyau.

— Il faut attendre que la voiture de ronde soit passée, dit-il. Je vous ferai signe. Éteignez la bougie.

Il s'engouffre. Maintenant, Berg, Bifur et Flap, dans les ténèbres de la cave, n'entendent plus que le bruit de leur respiration et les battements de leur sang. La rumeur du moteur, d'abord à peine perceptible enfle jusqu'à rugir dans leur crâne puis s'éloigne, se perd. Ils entendent tomber une lourde pierre de l'autre côté du mur, puis un sifflement bref. Vertadier est déjà dehors, debout sur l'herbe. Ses compagnons le rejoignent, l'un derrière l'autre. Ils surgissent dans la nuit froide, opaque. Ils s'étreignent à la hâte, ils grelottent, ils courent, traversant quelques mètres de caillasse herbue, puis un large chemin de terre, puis encore du terrain vague et des buissons griffus. Les voilà au pied du rempart. Vertadier lance son grappin, qui sonne contre la muraille, retombe. Les autres aussi tentent d'agripper la cime, à grands gestes puissants vers le ciel. Ils n'y arrivent pas, s'obstinent, s'énervent. Le temps passe. Vertadier enfin se suspend au bout de sa corde tendue. Alors Bifur abandonne la sienne derrière un gros caillou. Flap et Berg aussi. Ils s'accroupissent tous les trois, la tête levée, les yeux écarquillés dans la nuit noire. Vertadier grimpe comme un forcené, s'aidant des pieds contre le mur. Bifur se précipite comme un égaré maladroit. Ses sabots dérapent contre la muraille, font tomber des graviers. Derrière lui, Berg monte. Derrière Berg, Flap. Le ronflement du moteur renaît au fond des ténèbres. Flap s'affole contre la paroi. Des mains se tendent vers lui, l'empoignent, l'arrachent. Son soulier décroche le grappin qui tombe et cogne dur en bas sur une pierre. Ils s'aplatissent sur la crête, le visage enfoui dans le col de leur veste. Les phares jaunes balaient la muraille, éclairent le chemin vide. La voiture passe, les feux rouges s'amenuisent, le ronflement du moteur s'éteint. Les quatre hommes remuent. Bifur gémit, les mains sur le visage :

– Nous sommes foutus, nous sommes foutus.

Berg et Flap regardent des points de lumière très

lointains dans la nuit. Vertadier se penche un peu au-dessus du vide.

— Il y a de l'eau en bas, dit-il. Je la sens.

Flap se dresse tout droit sur le mur. Il dit :

— Donnez-moi la main. Serrez fort.

Il empoigne Berg, il empoigne Bifur. Les voilà tous debout. Il dit encore :

— Vertadier, tu es accroché ?

— Oui.

— A qui ?

— A moi, dit Bifur, très calmement.

— Tu es sûr qu'il y a de l'eau ? Tu es sûr ?

— Je la sens, je la sens.

— Hé, gueule Berg, on va voir, les gars ! On va voir ! On va voir !

Ils sautent.

Du même auteur

AUX MÊMES ÉDITIONS

L'Arbre à soleils
1979
coll. « Points Roman » n° 150

Le Trouveur de feu
roman, 1980

Bélibaste
roman, 1982
coll. « Points Roman » n° 101

L'Inquisiteur
roman, 1984
coll. « Points Roman » n° 206

Le Fils de l'ogre
roman, 1986

L'Arbre aux trésors
1987
coll. « Points Roman » n° 345

L'Homme à la vie inexplicable
roman, 1989
coll. « Points Roman » n° 406

L'Expédition
roman, 1991

Départements et Territoires d'outre-mort
coll. « Points Roman » n° 456

L'Arbre d'amour et de sagesse
1992

CHEZ D'AUTRES ÉDITEURS

Démons et Merveilles de la science-fiction
Julliard

Souvenirs invivables
Ipomée

La Chanson de la croisade albigeoise
(traduction)
Berg International

IMPRIMERIE BRODARD ET TAUPIN À LA FLÈCHE
DÉPÔT LÉGAL JUIN 1992. Nº 16484 (6342F-5)

Collection Points

SÉRIE ROMAN

DERNIERS TITRES PARUS

R40. Candido, *par Leonardo Sciascia*
R41. Le Voyage à Paimpol, *par Dorothée Letessier*
R42. L'Honneur perdu de Katharina Blum
par Heinrich Böll
R43. Le Pays sous l'écorce, *par Jacques Lacarrière*
R44. Le Monde selon Garp, *par John Irving*
R45. Les Trois Jours du cavalier, *par Nicole Ciravégna*
R46. Nécropolis, *par Herbert Lieberman*
R47. Fort Saganne, *par Louis Gardel*
R48. La Ligne 12, *par Raymond Jean*
R49. Les Années de chien, *par Günter Grass*
R50. La Réclusion solitaire, *par Tahar Ben Jelloun*
R51. Senilità, *par Italo Svevo*
R52. Trente Mille Jours, *par Maurice Genevoix*
R53. Cabinet Portrait, *par Jean-Luc Benoziglio*
R54. Saison violente, *par Emmanuel Roblès*
R55. Une comédie française, *par Éric Orsenna*
R56. Le Pain nu, *par Mohamed Choukri*
R57. Sarah et le Lieutenant français, *par John Fowles*
R58. Le Dernier Viking, *par Patrick Grainville*
R59. La Mort de la phalène, *par Virginia Woolf*
R60. L'Homme sans qualités, tome 1, *par Robert Musil*
R61. L'Homme sans qualités, tome 2, *par Robert Musil*
R62. L'Enfant de la mer de Chine, *par Didier Decoin*
R63. Le Professeur et la Sirène
par Giuseppe Tomasi di Lampedusa
R64. Le Grand Hiver, *par Ismaïl Kadaré*
R65. Le Cœur du voyage, *par Pierre Moustiers*
R66. Le Tunnel, *par Ernesto Sabato*
R67. Kamouraska, *par Anne Hébert*
R68. Machenka, *par Vladimir Nabokov*
R69. Le Fils du pauvre, *par Mouloud Feraoun*
R70. Cités à la dérive, *par Stratis Tsirkas*

R71. Place des Angoisses, *par Jean Reverzy*
R72. Le Dernier Chasseur, *par Charles Fox*
R73. Pourquoi pas Venise, *par Michèle Manceaux*
R74. Portrait de groupe avec dame, *par Heinrich Böll*
R75. Lunes de fiel, *par Pascal Bruckner*
R76. Le Canard de bois (Les Fils de la Liberté, I)
par Louis Caron
R77. Jubilee, *par Margaret Walker*
R78. Le Médecin de Cordoue, *par Herbert Le Porrier*
R79. Givre et Sang, *par John Cowper Powys*
R80. La Barbare, *par Katherine Pancol*
R81. Si par une nuit d'hiver un voyageur, *par Italo Calvino*
R82. Gerardo Laïn, *par Michel del Castillo*
R83. Un amour infini, *par Scott Spencer*
R84. Une enquête au pays, *par Driss Chraïbi*
R85. Le Diable sans porte (tome 1 : Ah, mes aïeux !)
par Claude Duneton
R86. La Prière de l'absent, *par Tahar Ben Jelloun*
R87. Venise en hiver, *par Emmanuel Roblès*
R88. La Nuit du Décret, *par Michel del Castillo*
R89. Alejandra, *par Ernesto Sabato*
R90. Plein Soleil, *par Marie Susini*
R91. Les Enfants de fortune, *par Jean-Marc Roberts*
R92. Protection encombrante, *par Heinrich Böll*
R93. Lettre d'excuse, *par Raphaële Billetdoux*
R94. Le Voyage indiscret, *par Katherine Mansfield*
R95. La Noire, *par Jean Cayrol*
R96. L'Obsédé (L'Amateur), *par John Fowles*
R97. Siloé, *par Paul Gadenne*
R98. Portrait de l'artiste en jeune chien
par Dylan Thomas
R99. L'Autre, *par Julien Green*
R100. Histoires pragoises, *par Rainer Maria Rilke*
R101. Bélibaste, *par Henri Gougaud*
R102. Le Ciel de la Kolyma (Le Vertige, II)
par Evguénia Guinzbourg
R103. La Mulâtresse Solitude, *par André Schwarz-Bart*
R104. L'Homme du Nil, *par Stratis Tsirkas*
R105. La Rhubarbe, *par René-Victor Pilhes*
R106. Gibier de potence, *par Kurt Vonnegut*

R107. Memory Lane
par Patrick Modiano, dessins de Pierre Le-Tan
R108. L'Affreux Pastis de la rue des Merles
par Carlo Emilio Gadda
R109. La Fontaine obscure, *par Raymond Jean*
R110. L'Hôtel New Hampshire, *par John Irving*
R111. Les Immémoriaux, *par Victor Segalen*
R112. Cœur de lièvre, *par John Updike*
R113. Le Temps d'un royaume, *par Rose Vincent*
R114. Poisson-chat, *par Jerome Charyn*
R115. Abraham de Brooklyn, *par Didier Decoin*
R116. Trois Femmes, *suivi de* Noces, *par Robert Musil*
R117. Les Enfants du sabbat, *par Anne Hébert*
R118. La Palmeraie, *par François-Régis Bastide*
R119. Maria Republica, *par Agustin Gomez-Arcos*
R120. La Joie, *par Georges Bernanos*
R121. Incognito, *par Petru Dumitriu*
R122. Les Forteresses noires, *par Patrick Grainville*
R123. L'Ange des ténèbres, *par Ernesto Sabato*
R124. La Fiera, *par Marie Susini*
R125. La Marche de Radetzky, *par Joseph Roth*
R126. Le vent souffle où il veut, *par Paul-André Lesort*
R127. Si j'étais vous..., *par Julien Green*
R128. Le Mendiant de Jérusalem, *par Elie Wiesel*
R129. Mortelle, *par Christopher Frank*
R130. La France m'épuise, *par Jean-Louis Curtis*
R131. Le Chevalier inexistant, *par Italo Calvino*
R132. Le Dialogue des Carmélites, *par Georges Bernanos*
R133. L'Étrusque, *par Mika Waltari*
R134. La Rencontre des hommes, *par Benigno Cacérès*
R135. Le Petit Monde de Don Camillo
par Giovanni Guareschi
R136. Le Masque de Dimitrios, *par Eric Ambler*
R137. L'Ami de Vincent, *par Jean-Marc Roberts*
R138. Un homme au singulier, *par Christopher Isherwood*
R139. La Maison du désir, *par France Huser*
R140. Moi et ma cheminée, *par Herman Melville*
R141. Les Fous de Bassan, *par Anne Hébert*
R142. Les Stigmates, *par Luc Estang*
R143. Le Chat et la Souris, *par Günter Grass*

R144. Loïca, *par Dorothée Letessier*
R145. Paradiso, *par José Lezama Lima*
R146. Passage de Milan, *par Michel Butor*
R147. Anonymus, *par Michèle Manceaux*
R148. La Femme du dimanche
par Carlo Fruttero et Franco Lucentini
R149. L'Amour monstre, *par Louis Pauwels*
R150. L'Arbre à soleils, *par Henri Gougaud*
R151. Traité du zen et de l'entretien des motocyclettes
par Robert M. Pirsig
R152. L'Enfant du cinquième Nord, *par Pierre Billon*
R153. N'envoyez plus de roses, *par Eric Ambler*
R154. Les Trois Vies de Babe Ozouf, *par Didier Decoin*
R155. Le Vert Paradis, *par André Brincourt*
R156. Varouna, *par Julien Green*
R157. L'Incendie de Los Angeles, *par Nathanaël West*
R158. Les Belles de Tunis, *par Nine Moati*
R159. Vertes Demeures, *par Henry Hudson*
R160. Les Grandes Vacances, *par Francis Ambrière*
R161. Ceux de 14, *par Maurice Genevoix*
R162. Les Villes invisibles, *par Italo Calvino*
R163. L'Agent secret, *par Graham Greene*
R164. La Lézarde, *par Edouard Glissant*
R165. Le Grand Escroc, *par Herman Melville*
R166. Lettre à un ami perdu, *par Patrick Besson*
R167. Evaristo Carriego, *par Jorge Luis Borges*
R168. La Guitare, *par Michel del Castillo*
R169. Épitaphe pour un espion, *par Eric Ambler*
R170. Fin de saison au Palazzo Pedrotti, *par Frédéric Vitoux*
R171. Jeunes Années. Autobiographie 1, *par Julien Green*
R172. Jeunes Années. Autobiographie 2, *par Julien Green*
R173. Les Égarés, *par Frédérick Tristan*
R174. Une affaire de famille, *par Christian Giudicelli*
R175. Le Testament amoureux, *par Rezvani*
R176. C'était cela notre amour, *par Marie Susini*
R177. Souvenirs du triangle d'or, *par Alain Robbe-Grillet*
R178. Les Lauriers du lac de Constance, *par Marie Chaix*
R179. Plan B, *par Chester Himes*
R180. Le Sommeil agité, *par Jean-Marc Roberts*
R181. Roman Roi, *par Renaud Camus*

R182. Vingt Ans et des poussières
par Didier van Cauwelaert
R183. Le Château des destins croisés, *par Italo Calvino*
R184. Le Vent de la nuit, *par Michel del Castillo*
R185. Une curieuse solitude, *par Philippe Sollers*
R186. Les Trafiquants d'armes, *par Eric Ambler*
R187. Un printemps froid, *par Danièle Sallenave*
R188. Mickey l'Ange, *par Geneviève Dormann*
R189. Histoire de la mer, *par Jean Cayrol*
R190. Senso, *par Camillo Boito*
R191. Sous le soleil de Satan, *par Georges Bernanos*
R192. Niembsch ou l'immobilité, *par Peter Härtling*
R193. Prends garde à la douceur des choses
par Raphaële Billetdoux
R194. L'Agneau carnivore, *par Agustin Gomez-Arcos*
R195. L'Imposture, *par Georges Bernanos*
R196. Ararat, *par D. M. Thomas*
R197. La Croisière de l'angoisse, *par Eric Ambler*
R198. Léviathan, *par Julien Green*
R199. Sarnia, *par Gerald Basil Edwards*
R200. Le Colleur d'affiches, *par Michel del Castillo*
R201. Un mariage poids moyen, *par John Irving*
R202. John l'Enfer, *par Didier Decoin*
R203. Les Chambres de bois, *par Anne Hébert*
R204. Mémoires d'un jeune homme rangé
par Tristan Bernard
R205. Le Sourire du Chat, *par François Maspero*
R206. L'Inquisiteur, *par Henri Gougaud*
R207. La Nuit américaine, *par Christopher Frank*
R208. Jeunesse dans une ville normande
par Jacques-Pierre Amette
R209. Fantôme d'une puce, *par Michel Braudeau*
R210. L'Avenir radieux, *par Alexandre Zinoviev*
R211. Constance D., *par Christian Combaz*
R212. Épaves, *par Julien Green*
R213. La Leçon du maître, *par Henry James*
R214. Récit des temps perdus, *par Aris Fakinos*
R215. La Fosse aux chiens, *par John Cowper Powys*
R216. Les Portes de la forêt, *par Elie Wiesel*
R217. L'Affaire Deltchev, *par Eric Ambler*

R218. Les amandiers sont morts de leurs blessures
par Tahar Ben Jelloun
R219. L'Admiroir, *par Anny Duperey*
R220. Les Grands Cimetières sous la lune
par Georges Bernanos
R221. La Créature, *par Étienne Barilier*
R222. Un Anglais sous les tropiques, *par William Boyd*
R223. La Gloire de Dina, *par Michel del Castillo*
R224. Poisson d'amour, *par Didier van Cauwelaert*
R225. Les Yeux fermés, *par Marie Susini*
R226. Cobra, *par Severo Sarduy*
R227. Cavalerie rouge, *par Isaac Babel*
R228. Tous les soleils, *par Bertrand Visage*
R229. Pétersbourg, *par Andréi Biély*
R230. Récits d'un jeune médecin, *par Mikhaïl Boulgakov*
R231. La Maison des prophètes, *par Nicolas Saudray*
R232. Trois Heures du matin à New York
par Herbert Lieberman
R233. La Mère du printemps, *par Driss Chraïbi*
R234. Adrienne Mesurat, *par Julien Green*
R235. Jusqu'à la mort, *par Amos Oz*
R236. Les Envoûtés, *par Witold Gombrowicz*
R237. Frontière des ténèbres, *par Eric Ambler*
R238. Les Deux Sacrements, *par Heinrich Böll*
R239. Cherchant qui dévorer, *par Luc Estang*
R240. Le Tournant, *par Klaus Mann*
R241. Aurélia, *par France Huser*
R242. Le Sixième Hiver
par Douglas Orgill et John Gribbin
R243. Naissance d'un spectre, *par Frédérick Tristan*
R244. Lorelei, *par Maurice Genevoix*
R245. Le Bois de la nuit, *par Djuna Barnes*
R246. La Caverne céleste, *par Patrick Grainville*
R247. L'Alliance, tome 1, *par James A. Michener*
R248. L'Alliance, tome 2, *par James A. Michener*
R249. Juliette, chemin des Cerisiers, *par Marie Chaix*
R250. Le Baiser de la femme-araignée, *par Manuel Puig*
R251. Le Vésuve, *par Emmanuel Roblès*
R252. Comme neige au soleil, *par William Boyd*
R253. Palomar, *par Italo Calvino*

R254. Le Visionnaire, *par Julien Green*
R255. La Revanche, *par Henry James*
R256. Les Années-lumière, *par Rezvani*
R257. La Crypte des capucins, *par Joseph Roth*
R258. La Femme publique, *par Dominique Garnier*
R259. Maggie Cassidy, *par Jack Kerouac*
R260. Mélancolie Nord, *par Michel Rio*
R261. Énergie du désespoir, *par Eric Ambler*
R262. L'Aube, *par Elie Wiesel*
R263. Le Paradis des orages, *par Patrick Grainville*
R264. L'Ouverture des bras de l'homme
par Raphaële Billetdoux
R265. Méchant, *par Jean-Marc Roberts*
R266. Un policeman, *par Didier Decoin*
R267. Les Corps étrangers, *par Jean Cayrol*
R268. Naissance d'une passion, *par Michel Braudeau*
R269. Dara, *par Patrick Besson*
R270. Parias, *par Pascal Bruckner*
R271. Le Soleil et la Roue, *par Rose Vincent*
R272. Le Malfaiteur, *par Julien Green*
R273. Scarlett si possible, *par Katherine Pancol*
R274. Journal d'une fille de Harlem, *par Julius Horwitz*
R275. Le Nez de Mazarin, *par Anny Duperey*
R276. La Chasse à la licorne, *par Emmanuel Roblès*
R277. Red Fox, *par Anthony Hyde*
R278. Minuit, *par Julien Green*
R279. L'Enfer, *par René Belletto*
R280. Et si on parlait d'amour, *par Claire Gallois*
R281. Pologne, *par James A. Michener*
R282. Notre homme, *par Louis Gardel*
R283. La Nuit du solstice, *par Herbert Lieberman*
R284. Place de Sienne, côté ombre
par Carlo Fruttero et Franco Lucentini
R285. Meurtre au comité central
par Manuel Vázquez Montalbán
R286. L'Isolé soleil, *par Daniel Maximin*
R287. Samedi soir, dimanche matin, *par Alan Sillitoe*
R288. Petit Louis, dit XIV, *par Claude Duneton*
R289. Le Perchoir du perroquet, *par Michel Rio*
R290. L'Enfant pain, *par Agustin Gomez-Arcos*

R291. Les Années Lula, *par Rezvani*
R292. Michael K, sa vie, son temps, *par J. M. Coetzee*
R293. La Connaissance de la douleur *par Carlo Emilio Gadda*
R294. Complot à Genève, *par Eric Ambler*
R295. Serena, *par Giovanni Arpino*
R296. L'Enfant de sable, *par Tahar Ben Jelloun*
R297. Le Premier Regard, *par Marie Susini*
R298. Regardez-moi, *par Anita Brookner*
R299. La Vie fantôme, *par Danièle Sallenave*
R300. L'Enchanteur, *par Vladimir Nabokov*
R301. L'Ile atlantique, *par Tony Duvert*
R302. Le Grand Cahier, *par Agota Kristof*
R303. Le Manège espagnol, *par Michel del Castillo*
R304. Le Berceau du chat, *par Kurt Vonnegut*
R305. Une histoire américaine, *par Jacques Godbout*
R306. Les Fontaines du grand abîme, *par Luc Estang*
R307. Le Mauvais Lieu, *par Julien Green*
R308. Aventures dans le commerce des peaux en Alaska *par John Hawkes*
R309. La Vie et demie, *par Sony Labou Tansi*
R310. Jeune Fille en silence, *par Raphaële Billetdoux*
R311. La Maison près du marais, *par Herbert Lieberman*
R312. Godelureaux, *par Eric Ollivier*
R313. La Chambre ouverte, *par France Huser*
R314. L'Œuvre de Dieu, la part du Diable, *par John Irving*
R315. Les Silences ou la vie d'une femme, *par Marie Chaix*
R316. Les Vacances du fantôme, *par Didier van Cauwelaert*
R317. Le Levantin, *par Eric Ambler*
R318. Beno s'en va-t-en guerre, *par Jean-Luc Benoziglio*
R319. Miss Lonelyhearts, *par Nathanaël West*
R320. Cosmicomics, *par Italo Calvino*
R321. Un été à Jérusalem, *par Chochana Boukhobza*
R322. Liaisons étrangères, *par Alison Lurie*
R323. L'Amazone, *par Michel Braudeau*
R324. Le Mystère de la crypte ensorcelée *par Eduardo Mendoza*
R325. Le Cri, *par Chochana Boukhobza*
R326. Femmes devant un paysage fluvial, *par Heinrich Böll*
R327. La Grotte, *par Georges Buis*

R328. Bar des flots noirs, *par Olivier Rolin*
R329. Le Stade de Wimbledon, *par Daniele Del Giudice*
R330. Le Bruit du temps, *par Ossip E. Mandelstam*
R331. La Diane rousse, *par Patrick Grainville*
R332. Les Éblouissements, *par Pierre Mertens*
R333. Talgo, *par Vassilis Alexakis*
R334. La Vie trop brève d'Edwin Mullhouse
par Steven Millhauser
R335. Les Enfants pillards, *par Jean Cayrol*
R336. Les Mystères de Buenos Aires, *par Manuel Puig*
R337. Le Démon de l'oubli, *par Michel del Castillo*
R338. Christophe Colomb, *par Stephen Marlowe*
R339. Le Chevalier et la Reine, *par Christopher Frank*
R340. Autobiographie de tout le monde, *par Gertrude Stein*
R341. Archipel, *par Michel Rio*
R342. Texas, tome 1, *par James A. Michener*
R343. Texas, tome 2, *par James A. Michener*
R344. Loyola's blues, *par Erik Orsenna*
R345. L'Arbre aux trésors, légendes, *par Henri Gougaud*
R346. Les Enfants des morts, *par Henrich Böll*
R347. Les Cent Premières Années de Niño Cochise
par A. Kinney Griffith et Niño Cochise
R348. Vente à la criée du lot 49, par *Thomas Pynchon*
R349. Confessions d'un enfant gâté
par Jacques-Pierre Amette
R350. Boulevard des trahisons, *par Thomas Sanchez*
R351. L'Incendie, *par Mohammed Dib*
R352. Le Centaure, *par John Updike*
R353. Une fille cousue de fil blanc, *par Claire Gallois*
R354. L'Adieu aux champs, *par Rose Vincent*
R355. La Ratte, *par Günter Grass*
R356. Le Monde hallucinant, *par Reinaldo Arenas*
R357. L'Anniversaire, *par Mouloud Feraoun*
R358. Le Premier Jardin, *par Anne Hébert*
R359. L'Amant sans domicile fixe
par Carlo Fruttero et Franco Lucentini
R360. L'Atelier du peintre, *par Patrick Grainville*
R361. Le Train vert, *par Herbert Lieberman*
R362. Autopsie d'une étoile, *par Didier Decoin*
R363. Un joli coup de lune, *par Chester Himes*

R364. La Nuit sacrée, *par Tahar Ben Jelloun*
R365. Le Chasseur, *par Carlo Cassola*
R366. Mon père américain, *par Jean-Marc Roberts*
R367. Remise de peine, *par Patrick Modiano*
R368. Le Rêve du singe fou, *par Christopher Frank*
R369. Angelica, *par Bertrand Visage*
R370. Le Grand Homme, *par Claude Delarue*
R371. La Vie comme à Lausanne, *par Erik Orsenna*
R372. Une amie d'Angleterre, *par Anita Brookner*
R373. Norma ou l'exil infini, *par Emmanuel Roblès*
R374. Les Jungles pensives, *par Michel Rio*
R375. Les Plumes du pigeon, *par John Updike*
R376. L'Héritage Schirmer, *par Eric Ambler*
R377. Les Flamboyants, *par Patrick Grainville*
R378. L'Objet perdu de l'amour, *par Michel Braudeau*
R379. Le Boucher, *par Alina Reyes*
R380. Le Labyrinthe aux olives, *par Eduardo Mendoza*
R381. Les Pays lointains, *par Julien Green*
R382. L'Épopée du buveur d'eau, *par John Irving*
R383. L'Écrivain public, *par Tahar Ben Jelloun*
R384. Les Nouvelles Confessions, *par William Boyd*
R385. Les Lèvres nues, *par France Huser*
R386. La Famille de Pascal Duarte, *par Camilo José Cela*
R387. Une enfance à l'eau bénite, *par Denise Bombardier*
R388. La Preuve, *par Agota Kristof*
R389. Tarabas, *par Joseph Roth*
R390. Replay, *par Ken Grimwood*
R391. Rabbit Boss, *par Thomas Sanchez*
R392. Aden Arabie, *par Paul Nizan*
R393. La Ferme, *par John Updike*
R394. L'Obscène Oiseau de la nuit, *par José Donoso*
R395. Un printemps d'Italie, *par Emmanuel Roblès*
R396. L'Année des méduses, *par Christopher Frank*
R397. Miss Missouri, *par Michel Boujut*
R398. Le Figuier, *par François Maspero*
R399. La Solitude du coureur de fond, *par Alan Sillitoe*
R400. L'Exposition coloniale, *par Erik Orsenna*
R401. La Ville des prodiges, *par Eduardo Mendoza*
R402. La Croyance des voleurs, *par Michel Chaillou*
R403. Rock Springs, *par Richard Ford*

R404. L'Orange amère, *par Didier van Cauwelaert*
R405. Tara, *par Michel del Castillo*
R406. L'Homme à la vie inexplicable, *par Henri Gougaud*
R407. Le Beau Rôle, *par Louis Gardel*
R408. Le Messie de Stockholm, *par Cynthia Ozick*
R409. Les Exagérés, *par Jean- François Vilar*
R410. L'Objet du scandale, *par Robertson Davies*
R411. Berlin mercredi, *par François Weyergans*
R412. L'Inondation, *par Evguéni Zamiatine*
R413. Rentrez chez vous Bogner !, *par Heinrich Böll*
R414. Les Herbes amères, *par Chochana Boukhobza*
R415. Le Pianiste, *par Manuel Vázquez Montalbán*
R416. Une mort secrète, *par Richard Ford*
R417. La Journée d'un scrutateur, *par Italo Calvino*
R418. Collection de sable, *par Italo Calvino*
R419. Les Soleils des indépendances
par Ahmadou Kourouma
R420. Lacenaire (un film de Francis Girod)
par Georges Conchon
R421. Œuvres pré-posthumes, *par Robert Musil*
R422. Merlin, *par Michel Rio*
R423. Charité, *par Éric Jourdan*
R424. Le Visiteur, *par György Konrad*
R425. Monsieur Adrien, *par Franz-Olivier Giesbert*
R426. Palinure de Mexico, *par Fernando Del Paso*
R427. L'Amour du prochain, *par Hugo Claus*
R428. L'Oublié, *par Elie Wiesel*
R429. Temps zéro, *par Italo Calvino*
R430. Les Comptoirs du Sud, *par Philippe Doumenc*
R431. Le Jeu des décapitations, *par Jose Lezama Lima*
R432. Tableaux d'une ex, *par Jean-Luc Benoziglio*
R433. Les Effrois de la glace et des ténèbres
par Christoph Ransmayr
R434. Paris-Athènes, *par Vassilis Alexakis*
R435. La Porte de Brandebourg, *par Anita Brookner*
R436. Le Jardin à la dérive, *par Ida Fink*
R437. Malina, *par Ingeborg Bachmann*
R438. Moi, laminaire, *par Aimé Césaire*
R439. Histoire d'un idiot racontée par lui-même
par Félix de Azúa

R440. La Résurrection des morts, *par Scott Spencer*
R441. La Caverne, *par Eugène Zamiatine*
R442. Le Manticore, *par Robertson Davies*
R443. Perdre, *par Pierre Mertens*
R444. La Rébellion, *par Joseph Roth*
R445. D'amour P. Q., *par Jacques Godbout*
R446. Un oiseau brûlé vif, *par Agustin Gomez-Arcos*
R447. Le Blues de Buddy Bolden, *par Michael Ondaatje*
R448. Étrange séduction (Un bonheur de rencontre) *par Ian McEwan*
R449. La Diable, *par Fay Weldon*
R450. L'Envie, *par Iouri Olecha*
R451. La Maison du Mesnil, *par Maurice Genevoix*
R452. La Joyeuse Bande d'Atzavara *par Manuel Vázquez Montalbán*
R453. Le Photographe et ses Modèles, *par John Hawkes*
R454. Rendez-vous sur la terre, *par Bertrand Visage*
R455. Les Aventures singulières du soldat Ivan Tchonkine *par Vladimir Voïnovitch*
R456. Départements et Territoires d'outre-mort *par Henri Gougaud*
R457. Vendredi des douleurs, *par Miguel Angel Asturias*
R458. L'Avortement, *par Richard Brautigan*
R459. Histoire du ciel, *par Jean Cayrol*
R460. Une prière pour Owen, *par John Irving*
R461. L'Orgie, la Neige, *par Patrick Grainville*
R462. Le Tueur et son ombre, *par Herbert Lieberman*
R463. Les Grosses Rêveuses, *par Paul Fournel*
R464. Un week-end dans le Michigan, *par Richard Ford*
R465. Les Marches du palais, *par David Shahar*
R466. Les hommes cruels ne courent pas les rues *par Katherine Pancol*
R467. La Vie exagérée de Martín Romaña *par Alfredo Bryce-Echenique*
R468. Les Étoiles du Sud, *par Julien Green*
R469. Aventures, *par Italo Calvino*
R470. Jour de silence à Tanger, *par Tahar Ben Jelloun*
R471. Sous le soleil jaguar, *par Italo Calvino*
R472. Les cyprès meurent en Italie, *par Michel del Castillo*
R473. Kilomètre zéro, *par Thomas Sanchez*

R474. Singulières Jeunes Filles, *par Henry James*
R475. Franny et Zooey, *par J. D. Salinger*
R476. Vaulascar, *par Michel Braudeau*
R477. La Vérité sur l'affaire Savolta, *par Eduardo Mendoza*
R478. Les Visiteurs du crépuscule, *par Eric Ambler*
R479. L'Ancienne Comédie, *par Jean-Claude Guillebaud*
R480. La Chasse au lézard, *par William Boyd*
R481. Les Yaquils, *suivi de* Ile déserte, *par Emmanuel Roblès*
R482. Proses éparses, *par Robert Musil*
R483. Le Loum, *par René-Victor Pilhes*
R484. La Fascination de l'étang, *par Virginia Woolf*
R485. Journaux de jeunesse, *par Rainer Maria Rilke*
R486. Tirano Banderas, *par Ramón del Valle-Inclán*
R487. Une trop bruyante solitude, *par Bohumil Hrabal*
R488. En attendant les barbares, *par J. M. Coetzee*
R489. Les Hauts-Quartiers, *par Paul Gadenne*
R490. Je lègue mon âme au diable, *par Germán Castro Caycedo*
R491. Le Monde des merveilles, *par Robertson Davies*
R492. Louve basse, *par Denis Roche*
R493. La Couleur du destin
par Carlo Fruttero et Franco Lucentini
R494. Poupée blonde
par Patrick Modiano, dessins de Pierre Le-Tan
R495. La Mort de Lohengrin, *par Heinrich Böll*
R496. L'Aïeul, *par Aris Fakinos*
R497. Le Héros des femmes, *par Adolfo Bioy Casares*
R498. 1492. Les Aventures de Juan Cabezón de Castille
par Homero Aridjis
R499. L'Angoisse du tigre, *par Jean-Marc Roberts*
R500. Les Yeux baissés, *par Tahar Ben Jelloun*
R501. L'Innocent, *par Ian McEwan*
R502. Les Passagers du Roissy-Express
par François Maspero
R503. Adieu à Berlin, *par Christopher Isherwood*
R504. Remèdes désespérés, *par Thomas Hardy*
R505. Le Larron qui ne croyait pas au ciel
par Miguel Angel Asturias
R506. Madame de Mauves, *par Henry James*
R507. L'Année de la mort de Ricardo Reis, *par José Saramago*
R508. Abattoir 5, *par Kurt Vonnegut*

R509. Comme je l'entends, *par John Cowper Powys*
R510. Madrapour, *par Robert Merle*
R511. Ménage à quatre, *par Manuel Vázquez Montalbán*
R512. Tremblement de cœur, *par Denise Bombardier*
R513. Monnè, Outrages et Défis, *par Ahmadou Kourouma*
R514. L'Ultime Alliance, *par Pierre Billon*
R515. Le Café des fous, *par Felipe Alfau*
R516. Morphine, *par Mikhaïl Boulgakov*
R517. Le Fou du tzar, *par Jaan Kross*
R518. Wolf et Doris, *par Martin Walser*
R519. La Course au mouton sauvage
par Haruki Murakami
R520. Adios Schéhérazade, *par Donald Westlake*
R521. Les Feux du Bengale, *par Amitav Ghosh*
R522. La Spéculation immobilière, *par Italo Calvino*
R523. L'homme qui parlait d'Octavia de Cadix
par Alfredo Bryce-Echenique
R524. V., *par Thomas Pynchon*
R525. Les Anges rebelles, *par Robertson Davies*
R526. Nouveaux Contes de Bustos Domecq
par Jorge Luis Borges et Adolfo Bioy Casares
R527. Josepha, *par Christopher Frank*
R528. L'Amour sorcier, *par Louise Erdrich*
R529. L'Europe mordue par un chien, *par Christophe Donner*
R530. Les hommes qui ont aimé Evelyn Cotton, *par Frank Ronan*
R531. Agadir, *par Mohammed Khaïr-Eddine*
R532. Brigitta, *par Adalbert Stifter*
R533. Lune de miel et d'or, *par David Shahar*
R534. Histoires de vertige, *par Julien Green*
R535. Voyage en France, *par Henry James*
R536. La Femme de chambre du Titanic, *par Didier Decoin*
R537. Le Grand Partir, *par Henri Gougaud*
R538. La Boîte noire, *par Jean-Luc Benoziglio*
R539. Le Prochain sur la liste, *par Dan Greenburg*
R540. Topkapi, *par Eric Ambler*
R541. Hôtel du lac, *par Anita Brookner*
R542. L'Aimé, *par Axel Gauvin*
R543. Vends maison, où je ne veux plus vivre
par Bohumil Hrabal
R544. Enquête sous la neige, *par Michael Malone*